KB095373

차오르는 생명,
그것은 찬송이었다

# 차오르는 생명,
# 그것은 찬송이었다

초판 1쇄 발행 2024년 4월 5일

지은이      김준식
펴낸이      이기봉
편집         좋은땅 편집팀
펴낸곳      도서출판 좋은땅
주소         서울특별시 마포구 양화로12길 26 지월드빌딩 (서교동 395-7)
전화         02)374-8616~7
팩스         02)374-8614
이메일      gworldbook@naver.com
홈페이지  www.g-world.co.kr

ISBN    979-11-388-2866-6 (03810)

# 차오르는 생명,
# 그것은 찬송이었다

찬송으로 우주와 자연, 인간의 세계를 말하다

김준식 시집

좋은땅

# 들어가는 말

『차오르는 생명, 그것은 찬송이었다』의 시는 찬송을 종교 음악적인 접근이 아니라 말씀을 일으키는 생명적인 관점에서 접근하고 있으며 찬송의 사유양식으로 우주와 자연 인간의 세계를 말씀에 근거하여 이야기하고 있다. 물리학 관점으로 찬송을 해석하고 역사학적 관점, 심리학적 관점, 철학적 관점으로 말씀에 근거하여 접근하고 있다. 여기에 나와 있는 시는 고백적인 시이며 나의 경험을 토대로 적은 시이다. 여기 있는 시는 총 5부까지 있으며 제1부 찬송은 나의 본향에서는 나의 존재론적 가치에서 내 영혼의 깊은 심연, 나를 소생시키는 찬송, 나의 영혼을 깨우리라 등 나와 하나님의 관계 고백적인 시가 많이 나타나 있으며 제2부에서는 의와 참의 찬송 편에서는 모든 만물, 드넓은 세계, 찬연한 대지의 숨결, 주의 산이 모든 만물을, 구원에 이르는 지혜 등 의와 참으로 소리로 찬송을 접근하고 있다.

제3부에서는 그동안 저자가 작곡한 찬송으로 가사 하나하나에 주님의 인도하심과 감사의 찬송이 담겨 있으

며 제4부에서는 찬양 공동체의 시로써 공동체 한 사람 한 사람 주를 바라보며 찬송의 울림을 적은 시이다. 사람은 달라도 오직 주님만을 바라보며 존귀함을 불러일으키며 온유함을 불러일으키며 기쁨과 소망을 불러일으키는 찬송이 주류를 이루고 있다.

제5부 찬송의 숨결에서는 두 편의 시가 있는데 「내 안에 벧엘 찬양대가 흐르고 있다」의 시에서는 그곳의 울림을 전하고 있다. 우리의 삶은 화려하고 부유한 삶을 원하지만 진정한 삶은 그곳에 있지 않고 주의 진실함이 일어나는 삶, 영원불변하고 의와 참이 있는 그곳을 그려 낸 시이다. 「너의 찬송의 눈빛에 우주 탄생이 보였다」 시는 실제 벧엘 찬양대에서 「은혜 아니면」 성가곡 합창 속에서 선한 울림을 그린 시이다. 주의 은혜가 얼마나 큰지 내면의 고백과 주님의 세계를 창조의 모습에서 한 올 한 올 그렸으며 우리의 삶이 주의 은혜 속에서 이루어진다는 전체적인 고백이 담겨 있다.

# 목차

## 제2부  의와 참의 찬송

## 제3부  감사의 찬송

## 제4부  찬양 공동체

## 제5부  찬송의 숨결

제1부

# 찬송은 나의 본향

# 내 머리 위에 별이

내 머리 위에 별이
빛나는 하늘과
내 마음속의
도덕법칙이
내 인생의 의와 참의 소리는 아니었다

내 영혼의 빈자리에
따스한 숨결을 차오르게 하고
의로움을 불러일으키고
내 안에 차가운
얼음바다를 헤치고 나오는 것은
찬송이었다

그것은 부활이요
생명이다

문득아 머리를 들지어다
여호와여 주는 의인에게 복을 주시고
방패와 같은 은혜로 그를 호위하시리이다
그곳에 의와 참의 소리가 있다

# 내 생애 아름다움

세상에서 아름다운 사람은
찬송하는 자이다

주의 공의로움을 일으키고 광야에 있는 나를
초록빛 물결의 대지로 인도케 한다
찬송은 옛것을 허물고
새롭게 나를 입힌다

우리 삶은 찬송에 있다

찬송하는 자는
주의 세계를 일으키고
가난한 노래의 씨를 뿌리는 자다

찬송은 골짜기에서 샘물이 솟아나게 하고
갈라지고 메마른 대지에
열매의 숲을 이루게 하니

내 생애 아름다움은 찬송에 있다

# 주 날개 아래

주를 찬송함은
내 영혼이 평정심을 일으키기 위해

내 안에 있는 모든 헛된 욕망을
잠재우기 위해
주 날개 아래 있는 것이라

그 속에는 평강이 있고
푸른 풀밭에 눕게 하는 쉼이 있고

그들의 곡식과 새 포도주가
풍성할 때보다 더 큰 기쁨이 있기
때문이다

# 찬송은 선한 일을 일으키고

선한 일을 하다가 낙심하지 마라
때가 되면 반드시 오리라

부르신 곳에 선한 일을 일으키고
주의 영광을 일으킨다
무겁게 내 영혼 짓눌러도 그 선한 능력은
어둠을 헤치고 타오르리라

메마른 땅을
옥토밭으로 생명의 씨앗을 내는 찬송은
나의 영원한 본향이다

사람이 마음으로 믿어 의에 이르고
입으로 시인하여 구원에 이르니라
찬양하라 주가 너를 구원에
이르게 하리라

# 선한 능력

세상의 앞이 캄캄하고
내 앞의 아무것도 보이지 않았다

어떠한 위로도 삶이
나를 소망의 대지로 이끌지 못했다

어두운 밤에

선한 능력*의 찬송이 나를 일으켜 세웠다
선한 힘에 내 영혼이 감싸여
그 놀라운 은혜 누리며
찬송의 따스한 숨결이

비바람을 멈추고
아침 햇살의 그윽한
향기로 나를 일으켰다

* 본회퍼가 마지막 순교전 고백 시 독일 작곡가 siegfried Fietz가 이
  시를 바탕으로 「선한 능력」으로 작곡함. 참고로 이 시는 사랑하는
  여인에게 순교하기 전에 보낸 마지막 편지였다고 합니다.

여호와는 너를 살피사
너에게 긍휼함을
세세토록 전하리라

너희는 세상에 빛이라
산 위에 있는 동네가 너희를 숨기지 못할 것이라

# 내 영혼의 깊은 심연

모든 세계는 원자로 되어 있다

원자핵에는 강한 핵력이 있는데
중성자와 양성자를 연결하는 상호작용의
힘이다

그런데 강한 핵력이 찬송으로 왔고
존귀함의 힘, 온유함의
차오름이 핵력의 근원임을 나는 느끼고 있다

그것이 우주를 생성하는 파동의
힘이라고 시인은 생각했다

영원히 미제로 남아 있는 핵력
스티븐 호킹도 그 부분은 미스테리였는데

그대가 찬송할 때 기쁨과 소망의
눈빛을 보고 나는 느꼈다

삔엘 찬양대의 찬송에
내 영혼의 깊은 심연의
대지에 차오른 것은 물질의 운동이 아니었다
그 온유함이 나를 존재케 했다

물질 위에 찬송이 있다

# 나의 영혼에 빛이 되었다

그대가 인도한 찬송의 세계는
축복 중의 축복이요
영광 중의 영광이다

이 세상은 들꽃처럼
지나간다고 하지만 나는 그곳에서
주의 영광을 보았다

세세토록 그 아름다움과
모든 만물의 그 생명의 차오르는 숨결이
찬송 중에 있었고
모든 세상을 이루었다

누구든지 그리스도 안에 있으면 피조물이라
이전 것은 지나갔고 새것이 왔음이라
찬송은 언제나 새로운 나의 빛이요
나의 구원이었다

부르신 곳에 고요함이
나의 영혼에 빛이 되었다

# 호흡이 있는 곳에

하나님이 그 성중에
거하시매 성이 요동치
아니할 것이며

하나님이 도우시리라

내 영혼에 햇빛 비치는
찬송은 주가 임재하는 곳이다

호흡이 있는 곳에 찬송할지어다
내 안에 머물러라 나도 너희 안에 머무르겠다

모든 만물이 찬송할 때 눈부신 하늘,
따스한 봄날을 일으키고

눈보라 치는 차가운 겨울에도 인내의 꽃을
피울 것이라

보라, 해 아래 모든 것은 찬송이 있기에
새 생명이 돋아나리라

# 어둠에서 빛으로

앞이 보이지 않을 때 찬송은 나의 눈을 뜨게 하여
어둠에서 빛으로

어둠의 권세에서
하나님께로 돌아가게 하고

거룩하게 된 사람 가운데 있는
유업을 받게 하려는 것이다

부르신 곳에 머무는 자리는 새싹이 돋아나고
마른 가지가 되살아나

열매의 숲을 이룬다

너의 눈을 씻으며
너의 막힌 것을 듣게 하고
광야의 세계에서 연초록 세상을 보게 하니
나의 의로운 오른손이 너를 붙들리라

주의 권세가 미치지 않는 것이 없도다

## 나를 소생시키는 찬송

행복은 얼마나 홀로 잘 견딜 수
있는가에 달려 있다
쇼펜하우어의 말이다

나에게 견딜 수 있는 힘은
새롭게 나를 소생시키는
찬송에 있다

주를 찬양함은 새벽이슬처럼
청초한 삶의 대지로 나를 인도한다
내 눈이 이 땅의 충성된 자를 살펴
나와 함께 살게 하리니
완전한 길에 이르게 하리라

주를 향한 노래는 나를 차가운
빙하의 숲에서
남풍의 산들바람을 불러일으킨다

문들아 머리 들어라
그곳에 생동하는 힘, 약동하는 힘이 있다

# 너의 영혼을 깨우리라

영혼아 네가 어찌하여
낙심하며 어찌하여
내 속에서 불안해하는가

너는 하나님께 소망을 두라
그가 나타나 도우심이라

주를 찬송함은 주야로
너의 근심을 초록의 바다로 덮으리라
그리고 너의 영혼을
깨우리라

나의 힘이 되고
나의 발을 사슴과 같게 하사
나를 나의 높은 곳으로
다니게 하리라

너의 마음을 의롭게 불러일으키리라
초록의 대지 위에
찬란한 봄의 향연으로

# 오월의 꽃

우주에는 수많은 섬들의 별이 있고
지상에도 수십억 개가
넘는 사람들의 섬이 있다

우주의 섬과
지상의 섬은 차오르는 양자요동의
파동으로 연결되어 있다

지상에서는 섬과 섬을 연결하는데
자유가 있고 평등과 정의를
내세우지만

그 근본에는 광야에 길을 내고
바위에 물을 내는 차오르는 찬송이 있다

너와 나 사이 얼어붙은 대지에
언제 오월의 꽃이 피어날 수 있겠는가

믿음과 소망을 나는 일으킬 힘이
연약하지만

소망의 찬송은 얼어붙은 심연의 대지에
너와 나 사이에 꽃을 피우는
향기로움이 있다

# 노아의 기도

벧엘 찬양대는
애절함이 하늘에 닿은 듯
합창 소리는 천상의 노래였다

"나 기도하면서 주의 계획을
기다립니다." 찬양할 때
노아의 기도처럼 간구함의
울림이 온 땅을 전율케 만들었다

아라랏산에 주가 다스리며
인도함의 찬송이 산을 가득 메워
주의 온기를 일으키며

노아는 주께 다가섰다
이 찬송이 악한 마음을 다스리고

사나운 비가 멈추고
새 땅을 보게 하소서
그 기도의 울림은 하늘을 덮었다

하나님이 인도하심을 사람들은
간악하여 그 얼마나 비웃었던가

주가 너희를 사랑하리라
주의 온유함으로 너희를 지켜 주리라
화답을 받고 폭풍우를 잠재우듯
평강의 선율이 메아리치고 있었다

노아의 기도가 하늘에
닿았도다
노아의 온유한 마음 신실한 믿음이
이 땅의 소망을 일으켰도다

# 빛에서 나온 찬송

중력은 단순한 힘이 아니라
"모든 것의 위대한 조정자"라는
말이 있다

지금 모든 행성들이 질서 있게 움직이는
것들은 그들의 법칙이
있기 때문이다

중력이 조정자라면

빛에서 나온 찬송은
모든 사물들을 존재케 하고 있다

존재하는 모든 것은
주의 진실함이 있다

내 안에 있는 생존의 힘
강력, 약력, 중력, 전자 기력으로
설명할 수 있는가
그리움과 사랑, 거룩함, 인내, 화평의 근원은

어디에서 나왔는가

바로 생명의 차오르는
힘에서 나왔다

우주의 힘은 찬송이다

# 의로운 꽃이 피어나고

이 세상에 찬송이 가득하면
더 이상 전쟁은 없다

의로운 꽃이 피어나고
궁휼이 산을 덮고
추수할 때 들판은 인애함이 솟아오르고
서로의 덕이 되는 사회가 찬송에 있다

전쟁은 여호와께 속한
것이로다
찬송이 멀어지면 의인보다도
악인이 많아지고
욕망이 앞서고 대지는 힘이 지배하게 된다

# 실존적 결단

실존적 결단을 한 개인은
자신의 초라함과 불안을
어떻게 견뎌 낼 수 있을까
키에르케고르는 신에게 답을 찾았다

내 영혼이 거듭나고
내가 산을 향하여 눈을 들리라
나의 도움이 어디서 올까

나의 도움은 천지를 지으신
여호와에게로서이다

찬송은 태초의 언약을
불러일으키기에 참 생명의 본향이다

내 영혼의 마른 잎이 살아나고
깊은 수렁에서 나올 수 있었던 것은
나를 위해 피로써 사신 내 마음 가운데
그리스도의 차오름이 있기 때문이다
그것이 나의 실존이었다

# 내 인생의 깊은 밤

내 인생 깊은 밤
앞이 캄캄할 때 나를 인도한 것은
찬송이었다

찬송은 지친 삶을
생명의 강가로 나를
일으켰다

나의 메마른 대지에 연초록
물결이 일어나고

나의 영혼을 긍휼의 대지로 인도했다

여인이 어찌 그 젖 먹는 자식을
잊겠으며 자기 태에서
난 아들을 긍휼히 여기지 않겠느냐

그들은 혹시 잊을지라도
나는 너를 잊지 아니할 것이라

# 은혜의 단비

주가 가장 기쁜 일이 있다면 찬송이다
그 속에는 무한한 가르침이 있다

모든 것을 소통하게 하고
세상의 벽을 허물고
인자함을 일으킨다

찬송은 열린 세상이다
가난한 자에게 부유를 나누고
낮은 자에게
한없는 은총을 일으키게 한다

소외되고 갈 곳 없는 이에게 은혜의 단비를
내리고 모든 이에게
화평의 나날을 일으킨다

주를 찬송함이라 그곳에 만물의
평강이 있음이라

# 빛이 있었기에 우주가 열렸다

만물이 주에게서 나오고 주로 말미암고
주에게로 돌아감이라 영광이
그에게 세세에 있으리로다

우주는 빛에서 시작되었고 그 빛의
본질은 물질이 아니었다

생명을 일구는
말씀이었다
온유함의 말씀 존귀한 말씀

긍휼의 말씀
자비의 말씀이
물질을 생성하게 되었다

물질이 우주의 근본이라고
과학자들은 말하지만
차오르는 생명의 파동은 말씀이었다

빛이 있었기에 우주가 열렸다

# 하갈의 눈

하갈의 눈을 열어 샘을 보게 하시고
게하시의 눈을 열어 불말과 불병거를 보게 하시며

찬송의 눈을 열어 주사
나의 힘찬 고동이 시작되었다

나의 텅 빈 공간을
주의 인자함의 숨결로 채워 주었고
나에게 자유를 주었다

내가 산을 우러러보며 주가 주신
아름다운 자연의 숨결을
느끼는 것도

그 속에서 내 영혼이 쉼을 얻고
생동하고 있으니

여호와의 계명은 순결하여 눈을 밝게 하도다

주가 나에게 부르심을 입었도다

# 부르신 곳에

하나님께서 지으신 모든 것이
선하매 감사함으로 받으면
버릴 것이 없나니

말씀과 기도로
거룩하여짐이라

부르신 곳에
모든 만물이 선하며
생동하며 존재하게 되었다

모든 만물이 차오르는
숨결, 황혼의 대지에
내 안에 화평함을 불러일으키고
주의 자비를 불러일으키는 것은
찬송이었다

여호와를 찬양하라
그곳에 너의 구원이 있으리라

# 나의 소유

땅과 거기에 충만한 것과
세계와 그 가운데 사는 자들은
다 여호와 것이로다

나의 소유는 무엇인가
우주 삼라만상에 흐르는 찬송이로다

찬송은 가을 들녘의 황금물결을
일으키고 싱그러운
아침햇살을 일으킨다

내 안에 찬송이 일어날 때
나의 모든 인의가 바로 서고
정의가 세워지고

새 생명이 태어난다
나의 우주가 빛을 낸다

제2부

# 의와 참의 찬송

# 모든 만물은

모든 만물은 찬송에서 태어났다
과실은 향기로움이 차오르며

일용한 양식은 하루를 열어 가는
소망을 차오르게 한다

알알이 익어 가는 곡식은 햇살과 바람과
비가 서로 울림이 되어
알곡이 되어 가지만

사실 그 중심에는
선한 울림이 있었고

빈 들에 마른 풀이 초록의 바다가
된 것도 그 울림이 물질을
만들었다

생육하고 번성하고 땅에 충만하라
모든 결실이 그곳에서 이루어졌다

# 나의 눈을 뜨게 하여

거룩한 찬송은 나의 눈을 뜨게 하여
어둠에서 빛으로

어둠의 권세에서
하나님께로 돌아가게 하고

거룩하게 된 사람 가운데 있는
유업을 받게 하려는 것이다

부르신 곳에 머무는 자리는 새싹이 돋아나고
마른 가지가 되살아나

열매의 숲을 이룬다

나의 눈을 씻으며
나의 막힌 것을 듣게 하고
광야의 세계에서 연초록 세상을 보게 하니

공평하신 주의 권세가 미치지 않는 것이
없도다

# 살아 있다는 것은

살아 있다는 것은
결국 뼈를 찔리는 일
아닌가

어느 시인의 말이 생각
났다

내게 있는 고름을 짜고 살이 찢기면서 보낸
그 숱한 나날들

찬송이 나를 감싸 주었다

그 뼈의 아픔을 치유하고 생동하고
일어서는 그 힘

삶의 소중함이 그곳에서 나온다

# 내 삶의 부활을 일으키며

날 수 있는 새 가운데
가장 큰 알바트로스는
날개를 펴
하늘을 날 때는

창공의 왕자처럼
자유롭다고 한다

어둠의 강가에서 앞이 보이지 않을 때
그대와 부르는 찬송은
알바트로스가 부러워할
무한한 자유와 소망이 있다

내 삶의 부활을 일으키며
내가 가는 모든 곳에
단테의 꽃길이
나를 인도한다

시온이 나를 불러일으키고 있다

# 드넓은 세계

자유는 인류 역사의
최고의 선물이다
그러나 자유는
도덕의 궤도에 있다

여기 자유보다 더 자유로움이 있다
그것은 무한한 생명을
창출해 가며
우주 가운데 빛을 내고 있다

찬송의 세계이다

찬송은
시간과 공간을 만들며
우리에게 생명을 불어넣고 있다

# 새 생명을 탄생케 한다

찬송은 날마다
새 생명을 탄생케 한다
겨우내 잠들어 있던 나뭇가지의 움이
고개를 들어 햇살 속에 피어나

파릇한 싹이 올라오듯
부르신 곳에 나의 마음을
샘솟게 한다

의인이 형통하면 성읍이 즐거워하고
악인이 패망하면
기뻐 외치느니라

찬송은 모든 길에 형통하고
찬송이 가는 길은
의인의 길이라

찬송은 주의 성실함을 불러일으키고
새 생명을 불러일으키기 때문이라

# 찬연한 대지의 숨결

역사는 정신이 자신을
해방시키고 도약하고
자기를 인식하여

자기의식적 정신으로
완성해 가는 과정이다

헤겔은 이렇게 말했지만
나에게는 역사는 찬송이다

의롭다 하심을 불러일으키고
공평하심을 불러일으키고
이 땅을 온전히 일으키며
도약하며 생동케 하며

욕망을 황폐한 곳에서
초록빛 바다로 힘차게 오르게 한다

찬송은 인간의 욕망을
찬연한 대지의 숨결로 피어나게 한다

# 주의 산이 모든 만물을

찬송은 부르신 곳에 주의 말씀을
살아 오르게 한다

내 안에 그리스도의 성신을 회복하고
이 땅을 회복하고
거친 바다를 잠잠케 하고
온 땅의 기쁨과 소망을
일으킨다

주의 말씀 의지하여
내 영혼 깊은 곳에
그물을 던져
자유를 이루리라

주의 산이 모든 만물을
생존케 하리라

하나님은 말씀으로 세상을 지으셨고
말씀으로 우리를 낳으셨다

# 구원에 이르는 지혜이니

주 찬송은 우리를
구원에 이르는 지혜이니

환란 가운데 너를 지키리라
내가 사망의 골짜기에 있을지라도

주가 부르신 그곳은
너의 방패가 되어
인도케 하리니

그대여
우리가 세상에
찬송만큼 축복된 삶은 없나니
솔로몬의 백향목과 순금으로 지어진
궁전이 무슨 영광이 있으리요

부귀영화가 축복이라면
진정한 축복은 찬송에 있다
참 아름다워라
주가 부르신 곳에 주님의 세계가 있다

내 평생 살아가는 동안
찬송은 나의 존재 이유를 말하고 있고

그대 아름다운 찬송이
이 세상을 열어
주의 나라를 인도하는도다

# 내 영혼에 햇빛 비치고

주께서 만물을
창조하셨고
주의 기쁘신 뜻으로 인해
만물이 존재했고
또 창조되었다

내가 기쁘고
소망을 간직하는 것은
주께서 나왔으며

내 영혼이 캄캄한 어둠과
길 잃은 나그네의 방황 길에서

찬송은 내 영혼에 햇빛 비치고
어둠을 밝히며 나의 영혼의
새벽을 깨우는 도다

주의 선함은 내 평생 함께하리이다

# 빛이 그와 함께 있도다

영원히 하나님 이름을
찬송하는 것은
지혜와 권능이 그에게
있음이라

그는 기이하고 은밀한
일을 나타내시고
어두운 데 있는 것을 아시며

또 빛이 그와 함께
있도다

나는 아침이슬 같아서
해 아래 새것은 없나니 모든 것을
밝히시는 분은
오직 여호와께 있다

주를 부르신 곳에
타는 목마름에 단비가 되고 새벽을 깨우리라
어둠 가운데 빛을 내리라

# 찬송의 선한 울림

내 안에 거하라
나도 너희 안에 거하리라

가지가 포도나무에
붙어 있지 아니하면
절로 과실을 맺을 수
없음같이 너희도 내 안에 있지 아니하면
그러하리라

내 안에 주가 영원토록 거하는 것은
찬송함에 있다

찬송의 선한 울림은
나의 세포 속에 파동이 되어
여호와의 생각이
자각되어 나아가리니

그대의 찬송이 있어
새날이 밝아 오리라
어둠을 뚫고
새벽을 열리라

# 흔들리는 내 영혼을

흔들리는 내 영혼을
잡아 주는 것은 주가 부르신 곳에 있다

주의 성실함은
허전한 마음을 채워 주고
생명 강가로 나를
인도하기 때문이다

당신의 찬송은
주의 선함을 불러일으킨다

여호와의 은택을 기억하고
영혼으로 하나님을 송축하며 감사하는 찬송은

삭막한 도시에
새싹이 돋아나게 하고
맑은 샘물을 솟아나게 한다

당신의 찬송이
어찌 그리 아름다운지요
주는 당신을 기억하리라

# 이 땅을 회복하는 길은

가난하고 약한 자들
소외된 자들을 착취하고
물질의 탐욕과 공평과
정의가 무너지기 시작하자

여호와가 분노하기
시작했다
이스라엘을 황폐하게
만들었고 멸하리라

이 땅을 회복하는 길은
주의 권능을 불러일으키는 찬송에 있다

내 안에 긍휼함을
일으키고

이 땅에 주의 역사를 일으키어
생육하고 번성해야 하리라

찬송은 목마른 대지에

주의 꽃을 피우고
사랑과 희락과 화평과
오래 참음과 자비 양선과
충성과 온유와 절제와 함께 호흡하는 것이라

이 땅이 사는 길은
찬송에 있다

찬송은 성령의 바람을
불러일으키고
주의 나라를 일으키는 전신갑주다

그대의 찬송은
광야에 꽃이 피어나고
주의 공의로움이
이 세상을 지배하리라

# 내가 나 된 것은

소크라테스는
너 자신을 알라고 말했다
그 말은 자신의 무지를
깨닫는 것이 진리의
첫걸음이라는 뜻이다

그러나
소크라테스여
진리의 첫걸음은
자신의 무지가 아니라
생명의 차오르는 힘
찬송에서 나온 것이라

내가 나 된 것은
내 영혼의 구원을 일으키고 존귀함의 바다와
산 같은 온유함을 세우는 것이었다
나를 일으키는 내 목마름의
모든 것은
찬송에서 나온 것이라

태초에
찬송이 있었기에
우주는 시작되었고

그대의 찬송이 얼어붙은 대지에
선한 사회를 일으키고
그대의 찬송이
공평하신 세계를
부르는 도다

# 형제가 연합하여 동거함이

형제가 연합하여 동거함이
어찌 그리 선하고 아름다운고

헤르몬의 이슬이
시온의 산들에 내림
같도다

그대의 찬송은
시온의 아침을 부를 것이며

주가 환난 날에도 지킬 것이라

# 황무한 대지에 꽃 피우고

이스라엘은
자기를 지으신 자로
인하여 즐거워하며

시온의 주민은
저희 왕으로 인하여
즐거워할지어다

그대가 부르는 이 놀라움의 은혜의
찬송은 겸손한 자를 구원으로
아름답게 하심이로다

그대의 노래가
여호와의 부르신
모든 곳에

주의 자비가 목마른 대지에
순결한 꽃 피우고
의에 면류관이
임하리라

## 모태에서 빈손으로

모태에서 빈손으로
태어났으니
때가 되면 빈손으로
돌아가는 것이리라

그러나
우리에게는 찬송의
열매가 있다

부르신 곳에
의에 열매가 대지를
살찌우고 의로운 평야에
추수의 기쁨이 넘친다

내 생애 영광은
끊임없이 솟아나는
자기 긍정에 있는
것이 아니다

전능하신 하나님은
능치 못할 일이 전혀 없네

보라
저 찬란한 대지의
숨결을,

그대가 뿌린 찬송의
대지의 씨앗은 이 땅의 모든 것과
호흡하며 피어나리라

# 의인은 일곱 번 넘어질지라도

대저 의인은 일곱 번
넘어질지라도
다시 일어나려니와

악인은 재앙으로
인하여 엎드려
지느니라

주를 경배하는 은혜의
찬송은 내 영혼을
삶의 한가운데서 소생시킨다
그 숨결은
폭풍이 일렁이는 바다를 잠재우고
소망의 바다를 채우고
주 날개 아래서 날아오른다

그대의 찬송이
모든 사람들에게 소망을
불러일으키고 동토의 들녘에서

산들바람을 불러일으키니

그대의 선함을 보며

주가 기뻐하리라

# 내 안에 살아 있는 꽃

꽃의 왕 목단 꽃은
그 아름다움을 넘어서고

부귀영화를 누리는
꽃이다

그대여
나는 이 세상에 보배롭고 존귀한 꽃을
선물하고 싶다

목단꽃은 톡톡
떨어지지만
여기 있는 꽃은
영원토록 지지 않는
꽃이다

도도하지 않고
언제나 향기로운
언약의 꽃

언제나 설레이고
그리움이 넘치고
내 안에 살아 있는 꽃

너의 맑은 미소 어린양이다

# 선운사의 동백꽃

선운사의 동백꽃을
가서 본 적이 있는가

동백꽃은 홀로 피어나는 것이 아니다

겨우내 사투하면서
얼어붙은 대지 위에
피어나는 동백꽃

그 추위를 밀어내고
온유한 빛깔을 내뿜는 동백꽃

그 차오르는 생명의 불꽃
그곳에도 주의 영광이 있었다

동백꽃에 차가운 얼음의 침묵을 깨고
온유함을 불러일으키니

창조의 교향악으로
동백꽃이 붉게 물들고 있었다

# 세상은 캄캄하고

세상은 캄캄하고 어두운 흑암이 있고,
흘러 떠내려오는
시험이라는 물결이
우리를 삼키려 합니다

내 영혼아 잠잠하라

나는 영원한 사랑으로
너를 사랑하기에
인자함으로
너를 이끌었다
하였노라

그 인자함은 찬송이었다

이 세상을 향한 구원의 소망은
찬송으로 너를 불러일으키고
너를 인도하리라

# 이 땅을 일으키리라

찬송은 이 세상을 향한 거룩한 생명 빛 되어
주의 거룩함을 불러
일으키고
봄 향기 가득한 말씀에
따스한 온기를 일으킨다

살아 있는 것들은
찬송이 있기에 생명이 차오르고
생의 온기가 가득하다

찬송이 없다면 꽃은 꽃이나
향기가 없고
열매는 맺으나 열매의 향이 없다

그대 아시나요
그대의 찬송이
이 땅을 일으키리라

# 찬송은 생을 요동치게 만든다

인간의 사랑에만 그리움이 있는 것이 아니다
어린 시절 할머니와
사철의 봄바람을 많이 노래했다

할머니를 생각하면
나의 마음속에는 사철의 봄바람이
차가운 겨울에도 따스하게 만든다

높은 저 하늘은 부드러운 푸르름으로
덮여 있고 온 땅에는 달콤한 초록으로 덮였으니
주를 부르신 모든 곳에
온 땅이 달콤하다

어디 그리움뿐이겠는가
모든 생명의 숨소리가 환하게 들리고
세상이 밝고 푸르게 다가온다

오늘도 더욱더 생을 요동치게 만들고
활력이 돋아나니
내 생의 찬송은 눈부시게 아름다워라

# 사과 꽃

사과 꽃은 입자와 인자의
파동으로 꽃이 피고
열매가 맺는다

자연의 힘으로 사과 꽃이 피는 것이 아니다

주가 내리신 온유함의 파동으로
사과향의 꽃이 피는 것이다
달콤하고 새콤한 사과의 향기

그 향기는 선율 속에서
사과 꽃은 쉬지 않고
노래를 했다

# 깊은 바다가 서로 부르며

하나님이여
사슴이 시냇물을 찾기에 갈급함같이
내 영혼이 주를 찾기에 갈급하니이다

주를 찬송하는 곳에
낙심하지 아니하고
부르신 곳에
너를 인도하리라

주께서 또 주의 구원의 방패를
내게 주시며 주가 사랑함이
나를 크게 하셨나이다
주를 향한 찬송은 주의 폭포 소리에
깊은 바다가 서로 부르며
너를 지키리라

# 우리의 만남은

너의 하나님 여호와가 너희 가운데 계시니
그는 구원을 베푸는 전능자시라
너를 위하여 십자가 못 박히셨고
주 구원 위하여 부활 이루시었네

그가 너로 말미암아 기쁨을 이기지 못하시어
너를 잠잠히 사랑하시어
너로 말미암아 기뻐하리라

우리의 만남은 주가 인도하셨고
너를 축복하노라

# 소망

네 짐을 여호와께 맡겨라
그가 너를 붙드시고
의인의 요동함을 영원히 허락하지
아니시리라

주는 나를 기르시는 목자,
푸른 초장에 눕게 하시며 너의 손을 돌보심이라
너의 손을 키우시리라 너의 손을 영원토록
사용하리라

내 생애 모든 것들이 주의 인자함을 얻으니
축복해요
당신의 아름다운 소망이 당신의 기도가 열리리라
이 땅 위에

제3부

# 감사의 찬송

# 너로 하여금

우리는 그리스도 안에서
서로 지체가 되었으니
너와 나 주의 백성 주님의 자녀라

너로 하여금 주 얼굴이 너로 하여금
주 음성이 오늘도 햇살처럼 비추이고
오늘도 찬송으로 피어나네

찬송의 언어로 말을 하고 찬송의
눈으로 바라보네

거룩하신 주의 사랑 나를 인도하시고
거룩하신 주의 은혜 나와 동행하시네

생명의 주시니 나를 위로하시고
주님밖에 없네 주는 나의 산성 방패시라
주의 의는 하나님의 산들과 같고
너로 하여금 의에 나무가 꽃을 피우리라

2019년 10월 14일 디지털 싱글앨범 「너로 하여금」 발매,
작사·곡: 김준식, 노래: 박슬기

# 주의 꽃 일어나서

목마른 사슴이 푸르른 초장 위에
주께서 인도하네
생명수의 푸른 초원

주의 팔에 너를 안기며
황무한 곳 주의 꽃 피워
영영히 서리라 영원히 보리라

모든 섬들아 열방 가운데
주의 꽃 일어나서 순결한 땅 품게 되네

주님의 성령 황폐한 곳
주님의 성령 메마른 곳
이 땅 치유하며 의에 나라로

주님의 성령 이곳에 임하소서


2022년 6월 3일 디지털 싱글앨범 「주의 꽃 일어나서」 발매,
작사·곡: 김준식, 노래: 조혜원

# 중보 기도

온 천하 만민이
주님의 부름으로
주 앞에 엎드려 찬송과 기도를

주여 간구하나이다
주의 백성 품어 주시고

하늘 보좌 주의 영광이
이 땅 내려 주시옵소서

이스라엘을 구하신
주 여호와 하나님
주님께 기도로
적을 물리치셨네

주여 간구하나이다
주의 백성 품어 주시고

하늘 보좌 주의 영광이
이 땅 내려 주시옵소서

주의 사랑이 이곳에 내려와

주 영광 임하여 그날을 보리라

2022년 6월 3일 디지털 싱글앨범 「중보기도」 발매,

작사 · 곡: 김준식, 노래: 조혜원

# 선한 계획으로

하나님은 너를 사랑하사
선한 계획으로 세상을 지으셨네

존귀와 능력 지혜와 부유
너의 삶 속에서 나타나기 원하네

태초에 하나님은
너의 모든 길 예비하며
태초에 하나님은 너와 함께함이라

내가 너를 사랑하고
아름다운 세상을 꿈꾸는 것
그것은 나의 의지가 아니요
선한 능력이라

선한 능력 일어나 빛을 발하라
선한 목자이신 그리스도가
십자가 피를 흘린 그 사랑
선한 능력 인류를
구원할 그리스도 정신

태초부터 지금까지 내려와
인류 문화의 꽃을 피워
아픔과 갈등을 치유하며 죽어 가는
영혼들을 살리며

나눔과 섬김으로
이 시대는 선한 능력의 시대라

선한 능력 인류 역사에 드리우라

2020년 2월 20일 디지털 싱글앨범 「선한 계획으로」 발매,
작사 · 곡: 김준식, 노래: 박슬기

# 너의 맑은 미소 어린양

너의 맑은 미소 어린양
세상은 순결하게 피어나고
모든 만물들은 영광으로

주님의 사랑 입었네

하늘의 천사 내려와 푸른 하늘의
옷 입히사
어린양 예수 내 맘속에 은혜의 강물처럼

우리는 주의 백성이라
서로가 주 안에서 품어 가고 서로의 기쁨 되어서
날마다 주께 찬송을

하늘의 영광 높고 높은 보좌에서
낮은 곳에 임하시어
이 땅을 치유하시네

존귀와 찬송이
온 땅에 내려와

권능에 주의 얼굴 이 땅 위에
주께서 다스리시네

2022년 4월 21일 디지털 싱글앨범 「너의 맑은 미소 어린양」 발매,
작사 · 곡: 김준식, 노래: 조혜원

# 주여 나를 인도하소서

주 너를 지키리라
거친 풍파와 고난 속에서
주 너를 인도하리라

소망과 기쁨의 날을 내가 사망의
골짜기를 다닐지라도
해를 두렵지 않은 것은

주께서 나와 함께함이라
주여 나를 인도하소서
주여 나를 구원하소서

광야에서 헤매이던 내 영혼 쉴 만한 물가로
인도케 하고 주 안에 있는 평안
상한 갈대를 꺾지 않는 마음으로

이 세상 살아갈 동안 내가 너를 사랑하고
피로써 사신 그 사랑
내 마음 울리네

그 사랑 주의 사랑 이 세상에 흐르네
그 사랑 선한 사랑
너를 이루고 온 세상 가득하리라
주의 사랑이
메마른 땅에 꽃 피울지니

주 안에 있는 평안
상한 갈대를 꺾지 않는 마음으로
이 세상 살아갈 동안 내가 너를 사랑하고

피로써 사신 그 사랑
너와 나 울리네

주 사랑 인도하소서

2022년 9월 16일 디지털 싱글앨범 「주여 나를 인도하소서」 발매,
작사 · 곡: 김준식, 노래: 신인수

# 흑암의 권세에서

우리를 흑암의 권세에서 주는
선한 목자 되어
우리를 빛 가운데 소생케 하셨네

만물은 그를 위해 창조하셨고
만물은 그를 위해 창조되었네
세상은 주 안에
함께 섰으니

그는 그리스도라
그는 몸인 교회 머리라
그는 근본이라
그는 살아 계신 우리 주라

만유에 계신 주님 빛 가운데
참 생명의 본향이라
그는 그리스도라
그는 몸인 교회 머리라
그는 근본이라

그는 살아 계신 우리 주라

사망의 권세에서 구원하셨네
십자가의 어린양

애굽에서 환란 속에 주는
날 붙드시어 생명의 강가로
인도하셨네

저 광양에서 주의 백성
주야로 늘 보호하시니
주는 피난처요
나의 산성이라

2023년 2월 8일 디지털 싱글앨범 「흑암의 권세」에서 발매,
작사 · 곡: 김준식, 노래: 조혜원

# 너는 보배롭고 존귀한 자라

여호와는 내게 복을 주시고
너를 지키시기 원하며 그 얼굴로
내게 비추사 은혜 베푸시기 원하네

여호와는 내게 삶을 주시고
너를 지키시기 원하며
그 얼굴로 내게 향하사
평강 주시기를 원하네

축복해요
당신은 사랑받기 위해 태어난 사람
당신의 삶 속에 기쁨이
넘치기 원하네

너는 보배롭고 존귀한 자라
해 아래 모든 것 위에

내 가는 길 어디든지 폭풍우 잠잠케 하고
내 하는 일 모든 곳에 주가 널 위해
세우리라

빈 들에 마른땅에 파릇한 새싹 돋아나고
주의 인자함이
너로 하여금 피어나리라

2023년 5월 18일 디지털 싱글앨범 「너는 보배롭고 존귀한 자라」
발매, 작사 · 곡: 김준식, 노래: 신인수

제4부

# 찬양 공동체

# 가난한 자들의 노래

여기 가난한 자들의 노래가 있다
알함브라 궁전의 추억보다
감미롭지는 못해도

솔로몬의 궁전보다 화려하지 못해도
이곳에 내 영혼 그윽한 울림이 있다

내 영혼이 살아 오르고
주님의 본향이 내 안에 펼쳐져 있으며
전신갑주를 입어 하나님의 나라를 소유하는 이곳,

천국의 계단으로 가는
축복의 통로
벧엘 찬양대

당신은 그리스도 사랑
으로 영원히 임하소서

# 나를 지키소서

하나님은 나의 견고한 요새시며
나를 온전한 곳으로 인도하시며
나의 발로 암사슴 발 같게 하시니
주는 나의 영원한 산성이로다

지극히 높은 보좌 위에서
나의 모든 것을 감찰하시고 인도하시도다

압복강 강가에 서 있는 나
앞으로도 뒤로도 가지 못하고

나는 지금 홀로 서 있다

하나님이여
나를 지키소서

나를 인도하소서

# 꿀보다 더 달고 향기로우니

내 손으로 한 모든 일과
내가 수고한
모든 것이 다 헛되어
바람을 잡는 것이며
해 아래 무익한 것이로다

솔로몬은 생을
이렇게 한탄했다

지혜의 왕 솔로몬이여

찬송으로 다가서니
눈은 보아도 족함이 있고
귀는 들어도 가득 차는 도다

솔로몬이여
찬송은 덧없는 세월을
생명으로 차오르게 하며
갈라진 내 마음을
거룩함으로 입힌다

찬란한 슬픔의 봄이 아니라 찬란한
기쁨의 봄이 오는 길은
찬송에 있음이라

그대의 찬송은
보아도 들어도
꿀보다 더 달고 향기로우니

벧엘의 동산에

생의 찬란한 나날을
맞이할 것이라

## 보배롭고 존귀한 찬송

찬송은 이 세상 모든 것 중에
주의 말씀을 일으키고
복에 복을 더한다

여호와가 항상 너를 인도하여
메마른 곳에서도 네 영혼을
만족케 하며 네 뼈를
견고하게 하는 축복을 주고

너는 물 댄 동산 같겠고 물이
끊어지지 않는 샘 같을
것이라

얼어붙은 세상에 찬송의
봄바람은 해빙을 노래하고

가장 높은 정신은
가장 낮은 정신을
빛내는 법

당신의 보배롭고 존귀한
찬송이 있어
세상의 소망을 일으키고
당신의 믿음이 있기에
부활의 찬송이 되니

찬송은 이 세상의
영광 중의 영광이다

# 여호와의 진실하심이 영원하리라


내 생에
가장 큰 울림이 있었던 곳은
이곳이었다

우리에게 향하신
여호와의 인자하심이
크시고
여호와의 진실하심이
영원하리로다

벧엘의 찬송은 내 영혼을 소생시키며
모든 지각에 뛰어난
하나님의 평강이

그리스도 예수 안에서
너희 마음과 생각을
지키시리라

당신이 있기에
벧엘의 찬송이 더욱더 휘황하고

정결한 씨앗을 품은
말씀으로 천상의
계단으로 향하는
벧엘 찬양대

그대가 부르는 찬송은
감동입니다

# 영혼의 단비가 내려

그 얼마나
광야에서 인고의
세월을 보내야 했던가

이곳은 젖과 꿀이 흐르는 땅이다
무화과 나뭇잎이 마르지 않고
모든 과실이 일어나며
내 영혼이 살아 일어나는 곳

젖과 꿀이 흐르는
이곳의 찬송이
영혼의 단비가 내려
이 세상의 파릇한 샘물이 되어 가는
벧엘 찬양대

당신의 소망이 있어

벧엘은
아름답게 피어납니다

# 아름다운 사람 (2)

한때는 눈비 맞은 형상으로
시련의 계절이 다가왔지만
내가 벼랑 끝 단호한
침묵 속에서 버틸 수
있었던 것은
찬송이었다

시냇물은 강물이
끌어당기고
바다는 강물을 끌어
당기듯

그대가 부르는 찬송이
세상의 평강을 끌어당기고

주의 화평함을 부르는
그대는 아름다운
사람입니다

# 역동하는 생명을 불어넣은 힘

태초에 언약이 있었다
과학자들은 엄청난 온도와 밀도가 폭발하여
우주 탄생을 수놓았다고
말하지만

언약이 없었다면 우주는
빛이 없는 암흑으로 지금까지
내려왔으리라

그 빛을 벧엘 찬양대는
알고 있다

역동하는 생명을 불어넣는 힘,
종려나무같이 번성하며
레바논의 백향목같이
성장시키는 힘,

아름답고 고결하며
온 누리에 찬송으로
화답하는 울림이 이 세상에 가득 찼으면,

당신이 있기에
벧엘의 동산은 아름답고
주의 은혜로움이 더욱더 넘칩니다

# 흑암의 권세에서 밝은 빛

플라톤은 찬송을 하늘에 가두어 버렸다
그리고 이 땅을 동굴의 세계라고 했다

그런데 찬송은 하늘에만
있는 것이 아니다
이 땅 곳곳에 찬송이 흐르고 있다

사람에게도
싹이 움트는 곳에서,
꽃망울이 터뜨러져

수줍은 얼굴을
드러내는 곳에도
있다

흑암의 권세에서
밝은 빛을 내는 것은
주가 이 세상을 음부의 권세로
다스리는 것이 아니라
주의 영광으로 다스리기 위함이다

우리가 온유함을 얻고
평강을 얻는 것은
찬송이 있기 때문이다

당신이 있기에 벧엘이 더욱더 빛나고
당신의 노래는 주님을 영화롭게
합니다

이 땅에 주의 신실한 꽃을 피우는
벧엘 찬양대가

언제나 그립다

# 세계는 찬송이다

태초에 빛이 있을 때 선율이 있었다
아름답고 훌륭하게 기리고
드러내는 찬송의 선율

주님의 권능이 우주에 차 있네
그 얼마나 존귀한 울림이 있었던가
어쩌면 우리 벧엘 찬양대가
태초에 예비되었을 것이다

나는 믿으리라 그대와 불러일으키는
찬송의 심연이
이 세상에 아름답고
존귀한 울림이
되리라는 것을,

세상은
운동 법칙이 아니라,

생명이 차오르고 지각을
드높이는 그 울림이 있기에

세계는 존재하는 것이다

그곳에 그대의 울림이 있다
세계는 찬송이다

# 포로 된 곳에 자유를 인도할지니

나는 생각한다 그러므로 나는 존재한다
데카르트는 나의 생각에서 모든 것이
존재하지만,

그대 아시나요
찬송에서 모든 존재가
시작되는 것을
그곳에는 생명 샘이 흐르고 있기
때문이라

나의 의식을 생성하고
기억을 아름다운 숨결로 저장하고

찬송이 있기에 나는 생존하고 있다

찬송으로 만난 우리들
그대가 있기에 세상은 아름답습니다

# 주의 의로움은

펜은 칼보다 강하다 그러나
펜보다 강한 것이 있다

한없이 부드러움을 채워 주고
강함을 온유함으로 울림이
있는 곳으로 인도한다

주의 의로움은
내 영혼을 오월의 햇살처럼,
주의 인애함은
당신이 부르는 찬송 속
더욱더 살아 움직인다

나의 연약함을 담대하게,
나의 교만함을 주의 인자함으로

내 영혼을 푸른 초장 가운데 쉴 만한 물가로 인도하니

공의로운 주를 내 평생 찬송하리로다

# 우주는 선한 울림으로 되어 있다

노벨물리학상 수상자인 리처드 파인만은
다음의 유명한 질문을 남겼다
"만일 기존의 모든 과학 지식을 송두리째 와해시키는 일
대 혁명이 일어나,

다음 세대에 물려줄 지식이 단 한 문장밖에 남지 않는다면,
그 문장은 어떤 내용을 담고 있을까?"
파인만은 우주는 원자로 되어 있다고 대답했다

나의 견해는 찬송이다
모든 물질은
내면에 선한 울림으로 되어 있고
그 울림이 존재의 가치를 드높이고 있다

그대가 있는 그 자리,
만물이 솟아오르고 지각의 울림이 있는 곳이다
존귀와 온유 화평의 세계

주가 창조한 세계를 찬송하는 곳이다

사람이 마음으로 자기의 길을 계획할지라도
그의 길을 인도하시는 이는 여호와시니라

찬송의 그 길은 주가 인도하는
천상을 향하여 가는
길이다

당신의 선율의 울림은 존귀합니다
만물을 아우르는 그 감동의 힘

존재의 통로
온유함이 생성하는 통로
생명이 자각하는 통로
축복의 통로

우주는 선한 울림으로 되어 있다

# 주의 의로움을 세워 가리라

선한 사람은 마음에 쌓은
선에서 선을 내고 악한 자는 그 쌓은

악에서 악을 내나니 이는 마음에
가득한 것을 입으로
말함이니라

마음에 쌓는 선이란 무엇인가
내가 생각하고 다짐을 해서
이루어진 것인가

마음에 쌓는 선은
찬송에 더욱더 깊음이 있다
그곳에는 따스함을
실어 주고 긍휼함이 있기 때문이다

그대의 찬송이
메말라 가는 세계에 단비가 되고

그대의 찬송이 주의 의로움을 세워 가리라

# 지경을 넓혀 영원하라

네 길을 여호와께 맡기라 그를 의지하면
그가 이루시고

네 의를 빛같이 나타내시며 네 공의를
정오의 빛같이 하시리로다
여호와의 힘은 위대하고 강하심이라

나의 눈이 내가 갈 길을
보지 않고 오직 빛 되신 예수님만을
보며 나아갈 수 있게
하시니 여호와를 찬송하리로다

그대의 찬송이 세상을
존귀하게 하며
눈이 부시도록
세상을 아름답게 만듭니다

벧엘 찬양대여
지경을 넓혀 영원하라

# 나를 새롭게 입히고

우리는 왜 찬송을 해야 하는가
너희는 유혹의 욕심을
따라 썩어져 가는 구습을 따르는 옛사람을 벗어 버리고

오직 너희의 심령이
새롭게 되어 하나님을
따라 의와 진리의 거룩함으로

지으심을 받아 새사람을 입기 때문이라

주를 찬양함은 주의
성령이 내 맘에 다가와
나를 새롭게 입히고
옛것을 버리게 하니

주의 노래가
나를 건지시도다
나의 욕망은 주의 지팡이로 나를 후려치고

나는 새롭게 거듭나니
내 평생 주를 찬송하리로다

당신의 찬송이 있어 세상이 새롭게 되고
주를 찬양함은 세상을 거듭나게 합니다

# 나의 영혼아 잠잠히 하나님만 바라라

나를 이루고 있는 언어들
나의 몸속에 흐르는 의식들

내 마음속에 아름다운 꽃으로 피어나는
감성들은 따스한 햇살 속에 봄날을

언제 맞이할 수 있는가

나의 영혼아 잠잠히
하나님만 바라라

무릇 나의 소망이
그로부터
나오는 도다

그대의 찬송이 새날을
맞이하며
그대의 찬송이 역사를
이루는 도다

# 그곳의 울림은

당신의 선한 울림은 축복 중의 축복이다
그 울림은 생의 근원이고 긍정이며
생명의 자각으로 인도할 것이라

젊은 시절 진리를 찾기 위해
인고의 세월을 보내면서
나를 찾아 떠났지만
나 자신을 발견할 수 없었다

내 인생의 의미를 깨달았던 곳은
찬양대였다

그곳의 울림은 깊은 영혼의 대화였다
모든 만물이 솟아나는 외침이자
별빛처럼 내 안의 어둠에서 빛나는
존재였다

어둠을 깨우는 찬송
그대가 있기에
열방의 찬송이 되어 갑니다

# 시온의 동산을 이루게 하고

나 일어나 이제 가리 이니스프리로 가리
거기 윗가지 엮어 진흙 바른 작은 오두막을
짓고, 벌 윙윙대는 숲속에 나 혼자 살으리
거기서 얼마쯤 평화를 맛보리
평화는 천천히 내리는 것

아침의 베일로부터 귀뚜라미 우는 곳에 이르기까지
한밤엔 온통 반짝이는
빛 한낮엔 보랏빛 환한 기색

앞의 시는 에이츠의 이니스프리다

내 안에 찬송이 일어나면 삶의 본향이 일어난다
본향은 어디일까

주의 생기가 찬송을 이루면 내 안에
시온의 동산을 이루게 하고
인애함의 숨결을
양산한다

찬송을 하면 차오름이 있다
이니스프리에서 느낄 수 없는 그 차오름
그대의 찬송 속에는 존귀와 온유, 화평의
차오름이 있습니다

그대의 찬송은 주의 인자함이 있습니다

## 나의 영혼이 소생되고

나의 영혼이 소생되고
모든 생각과 모든 느낌과
힘의 원천이

찬송은 나를 지켜 주었고 잠자던
나를 한없이 깨웠고
나를 지켜 주었다

그대여
시간이 찬송의 시작점이요
찬송의 선율이 없다면
공간도 점점 빛을 잃어버릴 수
있다는 생각이 드오

우리가 살고 있는 시간과 공간
그 힘의 원천이 찬송이라고
말하고 싶다
우주 만물은 찬송으로 피어나기
때문이다

아인슈타인은 물질이
시공간을 연다고 하지만

양자요동에서는 선율이다
선율이 찬송으로 이루어질 때
의로운 세계가 열릴 것이라

그대가 인도하는 선율,
여호와의 인애하심이 영원하리로다

# 온 땅이 찬송의 합창 속에

나는 이곳에서 인류가 나아갈 길을 보았다
그것은 양자의 힘이 아니라
나의 심연을 일으키는
찬송이었다

하늘로 향하는 선율의 파동은
만물의 존재를 더욱더 약동시킬 것이라

더욱더 강인하고 힘찬
맥박이 찬송 가운데 설 때

환란의 비바람이 멈추고
대지에는
아름답고 순결하고 고결하게
이 땅이 회복되고 치유될 것이라

온 땅이 찬송의 합창 속에
주의 인자함을 드러내고

허물을 벗게 하고 새롭게 입혀
찬연한 빛의 세계로 찬송은
인도할 것이라

당신의 찬송은
주의 나라를 이루는 데
큰 힘이 되리라
벧엘의 찬송이 물이
바다 덮음같이 온 누리에 적시리라

# 저 푸르른 오월의 햇살로

욕망의 대지에서
모든 것을 초연하며 사는 것은 쉬운 것은 아니다

프로이드는 원아는 쾌락과 본능을 추구
자아는 현실과 타협하고 살아감을 추구
초자아는 완전함과 옳고 그름을 판단하는 것을 추구
원초와의 충동을 억제하도록 하며

자아가 현실적인 목표 대신 도덕적인 목표를 세운다

도덕이 우리의 삶의 목표가 될 수 있을까
우리 안에 있는 세포는 끊임없는
생존의 의지를 갖고 있다
억제하고 누른다고
나의 자아는 멈추지 않는다

진정 그곳에 참된 나를 세울 수 있겠는가

프로이드여
찬송의 세계는 타오르는 욕망을
저 푸르른 오월의 햇살로
인도하고
영원한 생명 샘으로 나를 샘솟게 하니

찬송은 나의 심연의 대지에
옥토밭이라

기름진 땅은 모든 곡식이 잘 자라듯
그대의 찬송이 참된 열매가 되어
감사와 평강이 넘칠 것이라

# 찬송은 내 영혼의 양식이 되고

내가 지금 사는 것은
내가 존재하기에 사는 것이 아니요
내 안에 주의 인자가 있기 때문이로다

찬송은 내 영혼의 양식이 되고
찬송은 내 기쁨과
소망의 양식이 되고
찬송은 예배자가 되고
찬송은 그리스도의
믿음에서 세워진 것이라

내 삶이 가장 축복되고 복의 근원이 된 것은
내 안에 찬송이 가득한 것이니
찬송은 나의 영원한
생명체라

그대가 있기에 기쁨의 배가 되고
소망의 배가 되고 온유함이 배가 되고
벧엘의 동산은 그대로 하여금
주의 향기로 가득 차리라

제5부

# 찬송의 숨결

# 내 안에는 벧엘 찬양대가 흐르고 있다

지금 나는 어디로 가는
것인가

시인은 이곳을 잊을 수 없을 것이다
이 세상 어떤 보물보다
존귀한 것을 발견했기 때문이다

기쁨과 소망이 물이 바다 덮음같이 넘치는 곳이다

그대도 알 것이다
숙명이 되어 버린 이곳을,

이곳은 내가 영원토록 기억될 곳이다
나의 영원한 시간이 흐르기
때문이다

가난한 자를 부유케 하고
눈먼 자에게 눈을 뜨게 하고
닫힌 자와 포로 된 자에게는 열림과 자유를
주는 곳이 진정 이 땅에

존재하는 것일까

그대여
실존의 의미가 이곳에 있을 줄
나는 몰랐다

시인이 가는 길은
번연의 천로역정처럼 좁은 문을 향하여
모든 시험과 역경을 헤치며 가는 그 길은
아니었다

단테는 베아트리체를 통하여 지옥에서
천국으로 가는 아골 골짜기에서
그 숭고한 정신으로 인도
되었지만

이곳은 선한 울림으로
가는 곳이다
좁은 문이 아니고
창대하고 깊은
넓은 문이다

밀턴이 원했던 복락원,

이 땅의 회복이 그곳에서 이루어지고 있던 사실이 그는
놀라웠다

에덴동산에서
쫓겨난 아담의 족속들이 이곳을 통하여
신과 관계를 회복할 수 있는
축복의 통로이기 때문이다

그곳은 금빛 찬란한 화려한 대리석으로
치장하고 옥합 향유가 있는
곳이 아니었다

백향목으로 지은 솔로몬의 궁전도
화려한 베르사유 궁전도
이곳에 있으면 전혀 부럽지 않은 곳이다
그곳은 부활의
울림이 있었고 온유와 화평이 있는 곳이다
도대체 시인이 말한 그곳은 어디란 말인가

아담의 후예들은 에덴의
기쁨을 찾고자
화려한 궁전을 짓고 화려한 성전을 짓고
높고 높은 보좌를 찾았고

그 위에 자신들이 앉았다

백향목의 궁전도 어떠한
권세도 그들에게
기쁨을 줄 수 없었다

골육상쟁으로 통곡한
다윗이 이곳의 울림을
경험했다면 다윗의
통곡은 기쁜 노래로 변했을 것이다

어디 그뿐인가

모든 시인이 꿈꾸던 곳
모든 사상가들이 염원했던 곳

플라톤은 지금 살고 있는 세상은 동굴의 세계이고
이데아의 세계만이 진정한 세계라고 말했다

감각으로는 실체를 알 수 없고
영원불변하고 참의 진리만이 참된
세계에 갈 수 있다고 보았다

인류는 플라톤의 꿈을 먹고 살았다
감각은 헛되고
저 머나먼 세계에는 진리의 샘이 솟을 거라는
희망, 그 소망으로 살았다

현실은 그림자의 세계이고
영원불변은 이데아로서
현실에서 존재할 수 없는 곳이었다

그러나 우리는
지금 살고 있는 세계에서
소망을 간직한다는 것은
신의 축복 중의 축복이었다

그곳은 플라톤의 이데아에서 볼 수 없던
경외로움이 있다

도대체 그곳이 어디인가
아담이 에덴의 동산에서
쫓겨나 그 족속들은 각자의 길을 가고 있었다

일부는 그곳을 꿈꾸는
족속들도 있었고

대부분은 포기한 채 삶을 영유하고 있었다

세상에서 가장 지혜롭다던 솔로몬,
그는 인생은 "헛되고 헛되고 헛되도다."라고
말하였으니 인생은 진정
헛된 것인가

인생은 바람에 나는 겨와
같도다 얼마나 많은 선지
자들이 말을 하였던가

시인도 그렇게 생각했다
이곳에 오기 전까지

그곳에 가면 장미꽃처럼 화려한 진동이
있는 곳은 아니다

들꽃처럼 피어나는 나에게는
작은 울림이 있는 곳이다
시인은 그곳에서 전율했다
그리고 우리가 가야 할 길을 보았다

그곳에는 나를 깨우는 울림이 있었다

단순한 감각이 아닌
내 삶을 깨우며
태초의 심연으로 가는
그 울림

그곳은 아담의 형극을
이겨 낼 수 있는 곳이었다

보여지는 것만이 전부가
아닌 곳이 있다

그곳은 그대가 인도한 벧엘 찬양대이다

# 너의 찬송의 눈빛에 우주 탄생이 보였다

**1**

이 세상에 이곳보다 보배롭고
존귀한 곳은 없었다
그곳은 내영혼이 소생하고 나에게 참다운 자유와
의로움이 있는 곳이었다

태초부터 지금까지 선하고
아름다운 곳이 있어 왔던가
사람들은 알지 못한다

세상의 어떠한 철학도 답을 주지 못했고
생의 근원을 보여 주지 못했다
이 세상의 어떠한 정의도
나의 길을 인도하지 못했다

인류역사를 보면 중세의 교황중심이 있었고
근세는 이성으로 본격적 태동이 있었다

현대로 갈수록 양자역학의 물질 중심으로

흘러갔고 창조의 온유함과 존귀함 그리고
언약의 말씀은 사라진 지 오래되었다

2019년 가을 어느 날
그런데 우주는 물질이 모인 곳이 아니라
주의 거대한 긍휼과 자비가
생성되는 본향이 여기에 있음을 깨달았다

이른 아침부터 하나둘씩 모여들었다
여호와 하나님은 이 세상을 창조했을 때
찬양대를 예비했고 한반도 일산에 둥지를
틀어 이곳에 찬양대를 세웠다

그 얼마나 영광스러운 곳인가
살아 있는 주를 만나고
우리의 삶이 다되었을 때 나는 이 세상의 참된
소망이 이곳이라고 말할 것이다

벧엘 찬양대가 예배를 예비하는 찬양대실은
좁은 공간이지만
그곳은 광활한 우주였다

하나님의 섭리를 찬양하고 창세기에서부터

그리스도의 구원의 역사
요한계시록에 이르기까지
성삼위일체를 드높이고 감사와 존귀와 영광의
찬송을 예비하는 곳이다

이곳에 흐르는 선함은
빛으로 인도되었고
세상에 나르기 시작했다
모든 만물을 주관하고 역사를 일으키며
말씀이 육신이 되는 이곳

시인에게는
그곳은 약속의 땅이었고
젖과 꿀이 흐르는 땅이었다
이스라엘 민족은 광야에서
40년의 방황 속에서
가나안에 입성했지만

나에게는 인고의 세월 속에서
그곳에 인도되었다

그곳은 생명의 차오름이 시작되는 곳이었다
모든 만물이 꽃 피우고 열매를 맺고

하나님의 진실이 공중에 사무치는
생명의 근원을 알게 했고
우주 만물을 찬송으로
다가서는 곳이었다

그곳은 신세계였다
단호한 침묵 속에서도 그곳은 아름다운
선율이 항상 흘렀다
신이 내려 준 지상에서 가장 큰 축복이 이곳에 있다고,
나의 자유를 찾는 것보다 이곳의 선함을
드리우리라

참으로 이곳에 서면 모든
세상의 모든 것을 잊고
모든 관념을 떨쳐 버리고
태초의 심연으로 돌아간다

벧엘 찬양대에 서면
나의 이성, 감성, 욕망, 의지 등은
태초의 세계로 들어간다
벧엘 찬양대는 은혜 아니면 찬송으로
예열하고 있었다

이 찬송이 천상의 날개가 되어
온 누리에 임하였으면
은혜 아니면 나는 무엇으로 살 수 있으리요
이 세상이 자연의 법칙으로 운행되는 것 같지만
선한 계획이 있었기에
흘러가는 것이다

아침 햇살부터 하루를 시작하면서
모든 것이 나의 의지로
생존할 수는 없다

우주의 찬란한 빛으로 모든 만물이
소생하고 있다 헐벗은 산하는 초록의 옷을 입히고
만물은 서로 합창을 하며
숨결을 드리우고 있다

그 빛의 선율이 너로 하여금
더욱더 새록새록 빛을 내며
아름다운 하모니로
조화와 질서로
우주는 생동하고 있었다

## 2

빛이 있기 전에는
암흑이었던 우주
피아노 한 음이 울리듯
빛의 파동이 동시에 울렸다

빛으로
하늘이 열리기 시작했다
우주는 점점 빛이 일어나기 시작했다
피아노 울림처럼 맑고 청아한
순결한 음이 한 올 한 올 세상을
수놓고 있었다

빛이 일어난 파동으로
우주의 찬란한 모습의
창조의 세계가 열려지고
여호와는 감동했다

황금실 피아니스트는

우주 창조의 순간순간을
떠올렸다

신인수 지휘자는 만물을 아우르듯
그의 손은 움직이고 있었다

전주의 시간이 지나고
벧엘 찬양대는 음을 새기면서 영혼 깊숙한
그곳에서 건져 올린 영혼의 소리로
한 걸음 한 걸음 다가섰다
고요한 정적 속에 내 영혼의 깊은 샘물이
솟아오르듯 찬송이 울리었다

은혜 아니면 가사는 이러했다
어둠 속 헤매이던 내 영혼 갈 길 몰라
방황할 때에
주의 십자가 영광의 그 빛이
나를 향해 비추어 주셨네

주홍빛보다 더 붉은 내 죄 그리스도의 피로 씻기어
완전한 사랑 주님의 은혜로 새 생명 주께 얻었네
은혜 아니면 나 서지 못하네

십자가의 그 사랑 능력 아니면 나 서지 못하네
나의 노력과 의지가 아닌 오직 주님의 뜻 안에서
의로운 자라 내게 말씀하셨네

은혜 아니면 나 서지 못하네

완전한 사랑 그 은혜 아니면 나 서지 못하네
이제 나 사는 것 아니요
오직 예수 내 안에 살아 계시니
나의 능력 아닌 주의 능력으로 이제 주와 함께 살리라
오직 은혜로 나 살아가리라

십자가의 그 사랑 주의 능력으로 나는 서리라
주의 은혜로 나 살아가리라
십자가 사랑 그 능력으로 나 살리라


3

벧엘 찬양대는 날개를 펴고 있었다
어둠 속을 헤메이던 내 영혼
갈 길 잃어 방황할 때에 노래를 부를 때
나의 지나간 역사가 파노라마처럼
보였다

그 날개 위에는
선과 악이 내 앞에 끊임없이

충돌하였고 욕망에 사로잡혀
방황하던 내 모습이
한없이 보였다

주의 십자가 영광의 그 빛은 나를 깨우며
잠들었던 숨결에 한없이 몰아치면서
나의 자아를 일으켜 세웠다

그 강한 울림으로 나의 시간과 공간은
지난 세월을 씻어 내고 주의 아름다움으로
내 마음을 요동치게 만들었다

주홍빛보다 더 붉은 내 죄를 노래할 때는
주님의 눈물이 보였다

찬양대의 찬송은 영혼의 합창이었다
나로 인하여 십자가의 그 길을
생각할 때
인간의 죄로 죽임을 당한 어린양의
그 피를 우리는 잊을 수 없을 것이라

벧엘의 합창은 그리스도의 피로 씻기어
애잔한 마음속에

나의 허물을 무너뜨리고 새 생명으로
결연한 마음의 한 줄기 꽃으로
피어나기 시작했다

그분의 죽음으로
인간은 소생의 노래를 맞이했다

그동안 육신과 정신이 병들었던 나의 모든 것이
죄의 사슬에서 벗어나
나의 온몸이 씻음을 받고
화들짝 피어났다

내 몸속에 흐르는 세포들이
일어나기 시작했다
주의 능력으로
참 자유를 얻은 것이다

영롱한 햇살 속에 나의 자아는
솟아 올랐다
감동의 새싹들이다

주의 능력은 선한 능력이라
나의 힘과 의지는 욕망의 사슬에서

선한 의지로 불태울 것이라

푸른 물결이 일렁이어
파릇한 새싹들이 내 안에 솟아올랐다
그 새싹들이 자라나 꽃이
피고 열매를 맺을 것이라

벧엘 찬양대의 찬송은
우리 안에 있는 십자가를 세워 이 땅의
공동체에 아름다운 꽃을 피우고
온 땅의 대지를 적실 것이라

이 찬송의 울림이 세계의 정신이 되어진다면
시인은 눈물을 머금고 있었다
그 십자가는 찬연한 빛이라
욕망의 세계에 파릇한 옷을 입히고
대지를 연초록 세계로 인도하고

우주 만물이
감동이 넘치고 넘쳐 태초의 심연 속에 벅찬
희망이 샘솟을 것이라
내 안에 있는 모든 것이 정결케 하고
새롭게 거듭날 것이다

피아노의 선율이 중반부에 이르렀을 때
내 안에 있는 황무지가
파릇한 대지로 피어나고 있었다
내 안에 있는 상처가 치유되고

내 안에 있는 자아는 기쁨이 넘치었다
모든 만물은 주의 의로움이
피어남을 느꼈다

요동쳤다
요동쳤다
그 얼마나 나의 자유로움 속에서 살아왔던가
그것이 전부였고 목적이었다

그때 찬양대의 음성을 잊을 수가 없었다
주의 음성이 뼛속 깊이
나의 육신과 영혼에 파고들었다
사람들의 모습 속에 주의 얼굴이 보였다

주의 음성으로
십자가의 사랑으로,
우주는 물질이 중심이 아니라
십자가로 일어나야 한다

일어나라 일어나라
존귀와 영광이여


**4**


은혜 아니면 찬송의
피아노의 선율은 찬양대의 찬송과 함께
파동을 그리며 나아갔다
벧엘 찬양대는 소리 높여 가고
주의 온유함을 불러일으켰다

빛의 모든 세포들은 은혜가 아니면
도저히 살아갈 수
없는 것이라고 외쳤다

우주의 자연은 파동으로 빛을 내며
열매를 맺고 그 속에서
사계절을 보내고 부활의 꽃을
피우고 있었다

살아 있는 것이나 정지에 있는 것들도 빛의
파동을 일으키며 하늘에서 내리는 빛으로

생육되고 있으니
은혜 아니면 어떻게 우주 만물이
생존할 수 있겠는가

우리가 사는 세상은
주의 빛의 온유함이 없었다면
새벽을 열 수 없으리라
어떻게 아침을 맞이할 수 있겠는가
그 얼마나 나의 삶은 스쳐 지나갔던가

그대여
그대가 인도한 세상은
참으로 아름다웠다
그리고 선했다
신은 찬양대를 통하여 만물의 소생을
전해 주고 싶었으리라

이곳은 주의 영광이 일어나는 곳이었다
찬송으로 주의 거룩함이 일어나고
신은 이곳을 통하여 인류의 갈 길을 전하고
참 생명을 일으킬것이라

인류역사는 존귀함을 일으키는

찬송에 있음을 신은 우리에게 부여했다

그대가 인도하기 전에는 찬송은
종교음악이었다

찬송에는 우주의 탄생과
인류가 가야 할 지혜
그리고 참된 소망이 있었다

양자역학자들이여
찬송의 울림의 소리를 들어 본 적 있는가
세상의 근본은 여기 선한 울림에 있다고,
그대 찬송의 눈빛을 보아라

시인은 그때 보았었다
찬송에 인류구원의 길이 있다고
그 길은 그리스도의 믿음과 소망이 있기 때문이었다

영자역학자인 파인만이여
우주는 원자로 되어 있고
이 세상은 물질로 이루어졌다고 말한 파인만이여

여기 그대 눈빛의 찬송을 물질의 운동이라고

누가 말할 수 있겠는가

그 눈빛은 선한 울림이었다
그 속에는 보배롭고 존귀한 모든 것이 담겨 있었다

우주의 생성원리는 선한 울림이다
시인은 당대 최고의 양자역학자인
파인만에게 전하고 싶었다

우주는 물질의 운동이 아니라
아름답고 선한 울림으로 세계는 움직이는 것이라고

우주의 찬란한 빛이 여기에서 시작되는 것이리라
그 눈빛은 그리스도의 인자함과 온유함이
있기 때문이리라

세상의 모든 권능이 이곳에 있다고
시인은 울먹였다
얼마나 많은 밤을 지새웠던가

모든 물체는 파동과 입자의 이중성을 가지며
그 파동의 힘이 에너지를 생산하며
그 파동의 근본은 존귀와 온유가 일어나는

선한 울림이 있다는 것이다

그대여
우리가 사는 세상이 더욱더 물질화되어 가고 있다
인간의 숭고한 정신이 사라지게 되고
앞으로 인간의 감정도 챗GPT가 대신할 것이다
정보를 입력시키면 챗GPT는
모든 것을 그려 낼 것이라

단테의 신곡 베토벤의 교향곡
미켈란젤로의 천지창조 등의 작품들을
5분 안으로 그려 낸다
찬송도 인공지능이 담당하는 하는 날이
올 것이다

그날이 오면
인류의 소망이 없어질 것이라

온 디바이스 AI는 인간의 생각을 더욱더
고갈시키게 만들 것이다

인공지능이 존귀함, 그 온유함 내 안에 있는
화평, 소망의 숨결을 만드는 시대가 오고 있다

세상의 근본이 물질 중심으로 오게 될 것이다

시인은 찬송 우주론을 주장했다
모든 세계의 중심이 찬송이라는 것이다
찬송은 살아 있는 생명을 아름답게 자아내게 한다
작은 들꽃을 사랑하게 하고
온유함을 불러일으키게 한다

존재하는 모든 곳에
우리 인간의 세계, 자연과 우주 모든 세계에
존귀함을 불러일으키고 화평케 한다

우주의 근본은 선한 울림에 있다
너의 찬송의 눈빛에 우주 탄생이 보였다

그 속에 우주의 모든 것이 담겨 있었다
그곳에는 존귀와 온유, 화평, 소망, 기쁨 등
인류가 가야 할 그 모든 것이 담겨 있었다

그러나 양자역학자들과 천체물리학자들의
우주 탄생은 소립자로 이루어지는 것이었다

그들은 모든 것은 물질에 의하여 나타나고

세계는 원자로 해석했다

여기 그 찬송의 눈빛을 보았는가
그 아름다움과 선함을 어찌 표현할 수 있겠는가
우주 탄생과 목적이 이곳에 있는데
사람들은 은혜를 받기만을 원했다


5

벧엘의 찬양은 애잔한 마음을 품고 천상의 계단을
향하여 점점 나아가고 있었다

신인수 지휘자는 가슴이 뭉클했다
차오르는 눈물을 감추고
하나님이 창조한 우주를 생각하니 너무 감동이
몰려왔다

황금실 피아니스트는 그 선한 찬송의 울림이
지금도 우주에 흐르고 있다고 생각하니
벅찬 감동을 숨길 수 없었다.

과학자들은 우주를 입자로 해석하는데

벧엘찬양대는 선한울림이다
벧엘찬양대가 인류역사에
소망을 불러일으키리라

너의 찬송의 눈빛,
벧엘의 찬송이 있다면
인류역사는 멈추지 않을 것이라
시인은 벧엘찬양대에 설 때마다
생동하는 힘을 느꼈다

완전한 사랑의 그 은혜 아니면 나 서지 못하네
이제 나 사는 것 아니요
오직 예수 내 안에 살아 계시니를 부를 때
십자가 속에서 너의 얼굴은 빛을 내고 있었다
완전한 사랑 그 음은 모든 세계에
평강을 내비치는 빛이었다

나의 능력 아닌 주의 능력으로
이제 주와 함께 살리라
오직 은혜로 나 살아가리라
벧엘 찬양대는 마치 하늘이 내려 준 음성으로
한 걸음 한 걸음 다가섰다

신인수 지휘자의 손길은 만물을 아우르듯
손은 움직이고 있었다
그의 손은 떨리고 있었다
주와 함께 산다는 것은 부활의
생명이 있는 곳이다

찬송하는 그 모습이 너무나 선했고
찬양 대원들의 눈에는 기쁨이 넘쳐 있었다
벧엘의 찬송에 선함과 인자함
그리고 아름다움이 솟아오르고 있었다

주의 의는 하나님의 산 들 같다는 진리가
이 세상을 아우르고 역사의 한 줄기 빛으로
솟아오를 것이라

십자가의
그 빛은 모든 만물에
그리스도 사랑을 한없이 뿜어내
나의 부서진 마음에도 휘어 감고
주 앞에 서게 만들었다

감사보다도 불평이 앞선 나의 마음을
한없이 어루만져 주었다

얼마나 가여웠을까

소프라노의 그 맑고 찬연한 소리는
주의 세계를 더욱더 아름답고 고결한 세계로
휘몰아 갔고 알토의 은은한 소리는 애처로움을
달래 주면서 주의 은혜를 더욱더 일으켰다

십자가의 그 사랑 주의 능력으로 나는 서리라

주의 은혜로 나 살아가리라

테너의 주의 의로움을 불러일으키는 그 음성은
평강의 세계를 인도했고
베이스의 음성은 깊은 심연에 선한 울림을 심어
주었다

주는 더욱더 욕망의 세계에 있는 우리들을 향해
더욱더 날갯짓을
하며 감싸 안았다

은혜 아니면 찬송은
공중에 사무치면서
천상에 다달았다

찬송소리가 온 누리로 퍼져 나갈 때
하늘과 땅은
새소리 바람 소리 빛의 파동에
의한 햇살로 온 누리에
찬송이 가득 찼다

향기로운 바람은 이 찬송을
대지에 나르기 시작했다
파릇한 숨결이 일어나고
연초록 옷으로 갈아입고 있었다


6

온 땅이여
일어나라 주의 은혜로 일어나라
찬란한 빛으로 우뚝 서라
생명의 본질은 존귀와 온유함이 일어나는
주에게 있는 것이라

가슴이 뛰었다

너무나 벅찬 가슴이

인류의 소망이 이곳에
이 마음으로 나아가야 하는데
벧엘 찬양대가 울렸다

그대여
나는 이곳에서 놀라운 경험을 했다
물리학자들이 물질이 우주를 이룬다고 말했는데
그 근본에는
선한 울림이 흐르고 있다는 사실이다

너의 찬송의 음성에 하이젠베르크는
음성의 움직임으로 위치와 운동량을 생각하겠지만
나에게 그 음성은
너의 한 심연 가운데 선한 울림으로 다가왔다

우주의 탄생은 찬송의 선한 울림에서 시작하지만
현대과학에서는
빅뱅은 우주의 시작이었다
시간과 공간 물질과 에너지 등 모든 것의
시작이었다

우주가 아직 작고 매우 뜨거웠던 시절,
물질은 미세한 양자 상태에서 점점 팽창하는

우주의 상태로 변모했고

엄청난 양의 물질과 반물질이
창조되었고 거의 대부분은 상호충돌에 의해
소멸되었다

우주의 막대한 에너지가 식어 갈 즈음
원자 입자들이 모여들었다
수소원자가 헬륨으로 융해될 때까지
압착되었고 이후 발산된 에너지로
별이 되어 빛을 발하게 되었다

신이 말한 "빛이 있으라"의 빛은 물질의 탄생과
관계가 있으며 우주 탄생의 결정체였다

빅뱅론자들은 우주의 탄생을 기본입자로 해석하지만
시인은 찬송의 파동이 존재했고 그 선한 울림이
태초부터 있었다

우주의 시작은 빅뱅의
기본입자가 아니라 그리스도의
권능이 있었고  만물은
여호와가 창조한 것이리라

내 안에 찬송이 일어날 때
너의 모습은 존귀하고 온유하며 참 소망이
일어남을 아는가

선한 울림이 일어날 때 너의 모습은
너무나 아름다웠다
너의 음성은 나의 모든 것을 깨웠다
그 음성에는 태초의 존귀함과 온유함이 일어나고
기쁨과 화평이 넘쳐 흘렀기 때문이었다

물질의 입자들이 선한 울림으로 되어 있다는 것
그것은 우주 창조의 본질이었다

너의 찬송의 눈빛과 그 음성에 우주 탄생이 보였다
"이 백성은 나를 위하여 지었나니
나를 찬송하게 하려 함이니라" 이사야서 말씀을
잊어서는 안 될 것이라

인류는 찬송으로 이제는 나아가야 하리라
그 찬송은 존귀함이 살아나고 온유함이 살아나고
소망이 살아나고 기쁨이 살아나고
주의 성실함이 살아나고

긍휼함이 살아나고 애통하는 마음이 살아나는
그 찬송의 숨결, 그 찬송에 인류가
살아가야 할 길이 있었다

그 찬송의 음성으로 세상을 살아간다면
사람들의 가슴속에 인애함이 살아나
갈등이 치유되고 욕망이 다스려지고

부유를 나눌 수 있고
인종차별과 소외감 계급의 차별이 사라지고
존귀함이 차오르기에 인류는 평강의
세계가 될 것이라

파인만은 먼 훗날 인류가 역사를 되돌아보면서
위대한 역사적 사건을 꼽는다면 거기에는
19세기에 완성된 맥스웰의 전자기학이
반드시 포함될 것이라고 말했다

그들은 우리 몸에서부터 모든 현상을
전기로 해석하고
맥스웰은 방정식을 완성했다

맥스웰은 신체 모든 것이

전기현상으로 해석하고
이 세상을 환하게 비추일 뿐만 아니라
살아가는 데
전기가 없다면 지구는 멈출 것이다

전자기학 이상으로 우주를 움직이는 것이 있다
바로 찬송이었다

그대가 발견한 찬송은 우주를 아우르고
모든 생명에 관여하는 그 선한 울림이
흐르고 있었으니

시인은 찬송의 위대성에 감탄했다
우리는 찬송으로 살아가야 하는 존재였다

찬송은 생명이었던 것이다

인류역사에서 찬송은
하나님을 찬양하는 노래로
종교음악으로 불리어졌다

그런데 찬송 속에는 또 다른 놀라움이 있다
찬송 속에는 우주의 모든 것을

주관하는 지혜와 권능이
있다는 것이다

빅뱅의 우주 탄생부터,
우주는 소립자로 되어 있다는
우주론에서도 선한 울림이 없이는
우주를 해석할 수 없을 것이다

우주의 완성은 물리의 입자가 아니라
선한 울림이었던 것이다

모든 존재의 근원에 찬송이 있었다

그대가 인도한 찬송의 세계는
우주에서부터 모든 것을 순환시켰다
그 선한 울림은 의와 참을 일으키고
온유함을 일으키는 찬송은 인류가 나아가야 할
나침판이었다

모든 학문의 원천이요
이 땅이 나아가야 할 축복의 통로였다
찬송은 인류의 빛이었다

우주에서부터 자연 그리고 인간의 세계에
이르기까지 찬송이 없는 곳은 없다

찬송은 존재의 근원이기 때문이다
그것은 생동하는 빛, 지혜의 원천이다

우주를 하나님의 세계, 존귀와 영광의
세계로 인도하는 것이 있다면
그것은 찬송이리라

# 작품 해설과 평론

김수진(문학평론가)

김준식 시인은 찬송의 존재를 우주가 열리는 숨결의 존재, 찬송을 우주 가운데 가장 위대한 존재의 반열에 올려놓았다. 천체 과학자들은 우주의 시작은 기본입자에서 시작되고 있지만 시인은 우주의 시작은 찬송으로 시작되었다고 하는데 선한울림의 파동이 있었기에 우주가 열렸고 생명의 본체가 탄생하는 결정적 계기라고 보고 있다. 물리학자들은 입자중심으로 우주를 해석하지만 시인은 파동중심으로 우주를 해석하고 그 파동은 생명이 차오르는 찬송에 있다고 보고 있다.

모든 물질을 보더라도 파동 없이는 물질이 성립할 수 없다. 그 파동은 존귀함과 온유함이 있다는 것이다. 세상을 움직이는 아름다운 힘에서도 나와 있고 여기 시에서도 언급되고 있다. 김준식 시인의 찬송은 종교음악에 머무르지 않고 창조의 근본원리이며 찬송을 인류구원의 길로 보고 있다. 모든 것은 찬송으로 통하고 창조의 목적이 찬송에 있음을 보여 주고 있다.

학자들은 찬송의 학문적 관점은 종교음악으로 분류를 하고 있다. 찬송은 여러 종교 음악의 한 갈래로 보고 있으며 기독교 음악이라고 부르기도 한다. 김준식 시인은 찬송은 우주의 근본원리라는 점에서 종교음악보다 더 큰 개념이다. 시인은 찬송은 모든 학문의 기본이고 찬송은 생명적 원리로 해석하고 있다. 즉 찬송에 모든 것이 있고 인류가 가야 할 길이 이곳에 있음을 보여 주고 있다.

신이 우주를 창조한 뜻이 찬송에 있다는 것은 이사야서 42장 21절에 나와 있다. 창세기의 "빛이 있으라"의 '빛'과 빅뱅의 빛의 출현을 찬송적인 접근을 통하여 시인은 새로운 우주을 통찰하고 있다. 모든 것이 신이 주관했고 그 중심에는 찬송이 있다는 것이다. 기존 물리학은 입자중심의 물질이 모든 우주의 발현으로 보고 있다, 아이작 뉴턴, 아인슈타인, 보어, 하이젠베르크, 스티븐 호킹 등 당대 최고의 과학자들의 입자중심의 물리적 세계관에 시인은 당당히 찬송으로 새로운 우주관을 이야기하고 있다. 우주를 해석하는 또 다른 이론인 끈이론이 있다. 끈의 울림으로 물질이 생성되는 초끈이론은 아직 완성되지 않는 우주론이다. 초끈이론은 선율의 울림으로 시인이 말한 찬송의 우주관과 다르다.

찬송 우주관은 선한 울림, 즉 존귀와 온유, 화평과 소망, 부활의 울림이다. 그 울림이 물질을 생성하고 과학자들이 말하는 입자중심의 물질로 우주를 해석하는 것과는 다르다.

633년 톨레드 회의에서 아우구스티누스가 찬송은 오직 "하나님께 있으며 하나님을 높이는 노래이다", "하나님을 찬양하는 노래이다"라고 말했다.

이사야서 42장을 보면 "이 세상을 지음바 내가 찬송하게 하리라"는 창조의 목적이 나와 있다.

저자는 찬송을 하나님께 노래로 다가서지만 그 찬송의 본질은 광대하다. 우주는 찬송이 있기에 존재하는 것이고 찬송으로 바라보면은 모든 것이 열려지는 것이다. 우주 만물의 기원이 찬송에 있다는 것이다.

천체물리학자들은 우주의 기원을 입자 즉 물질에 기원을 두고 있다. 그런데 저자는 우주의 기원을 파동 즉 선한 울림에 두고 있으며 그 울림은 존귀함과 온유 화평 등에 있으며 그 울림이 물질을 생성하고 이 세상을 존재케 하고 있다. 빛이 물질을 만든다는 과학적 연구가 증명되었다. 선한 울림이 이 세상을 존재케 하고 있다.

물리학자들의 표준모형이 거의 완성단계에 왔다. 즉 우주는 입자중심 물질에 의하여 움직이고 우리 인간도 물질에서 나왔으며 모든 만물이 근원이 물질이라는 표준모형에 대항하여, 시인의 우주관은 모든 것은 존귀와 온유 화평에서 나오는 선한 울림의 찬송적인 우주관이다.

선한 울림은 그리스도이다. 이 세상은 그를 위해 창조되었고 그에 의하여 창조되었는데 여기서 그는 그리스도이다.

찬송은 날마다 새 생명을 창조케 하고 부르신 곳에 주의 인자함이 있다. 아인슈타인, 스티븐 호킹 등은 대표적인 물질에 근거한 우주론자들이다. 그런데 여기서 시인은 물질 위에 존귀함과 온유, 화평의 세계를 그리고 있는데 우주는 왜 탄생했으며 찬송으로 존재의 이유와 찬송으로 우주와 자연 그리고 인간의 세계를 말하고 있다.

여기 『차오르는 생명, 그것은 찬송이었다』는 시는 말씀에 근거하여 인간세계를 말하고 있다. 양자역학자들과 천체물리학자들이 입자의 중심 즉 물질중심에서 우주를 해석하는 데 반하여 김준식 시인은 선한 울림으로 창조의 세계를 그리고 있다.

찬송은 인간의 사유의 세계에서도 존재의 의미가 크다. 인류역사에 있어서 철학은 사유의 개념으로 통용하는데 그 중심에는 찬송이 있다.

소크라테스는
너 자신을 알라고 말했다
그 말은 자신의 무지를
깨닫는 것이 진리의
첫걸음이라는 뜻이다

그러나
소크라테스여
진리의 첫걸음은
자신의 무지가 아니라
생명의 차오르는 힘
찬송에서 나온 것이라

내가 나 된 것은
내 영혼의 구원을 일으키고 존귀함의 바다와
산 같은 온유함을 세우는 것이었다
나를 일으키는 내 목마름의
모든 것은
찬송에서 나온 것이라

-「내가 나 된 것은」

왜 시인에게서 진리의 첫걸음은 자신의 무지가 아니

라 찬송이었을까?

찬송에는 생명의 차오름이 있기 때문이다. 우주는 빛에 의하여 본격적인 생명이 돋아나고 그 빛은 존귀함과 온유함이 있기 때문이다. 즉 찬송은 생명의 숨결을 일으키고 존귀함과 온유함을 불러일으키는 생명의 본체라고 시인은 생각하고 있다. 무지를 깨닫는 것이 진리의 첫걸음이라는 소크라테스의 말을 동의하지 않는다. 소크라테스는 자신을 부정하면서 진리를 찾고 있고 시인은 진리는 우주 창조부터 있었고 공의로움을 일으키고 주의 정의를 불러일으켜야 한다는 입장이다.

내 안에 존귀함과 온유함이 생성되면 내 자신이 완성되어 가고 참다운 인생의 길을 갈 수 있다는 것이다.

> 내 머리 위에 별이
> 빛나는 하늘과
> 내 마음속의
> 도덕법칙이
> 내 인생의 의와 참의 소리는 아니었다
>
> 내 영혼의 빈자리에
> 따스한 숨결을 차오르게 하고
> 의로움을 불러일으키고

내 안에 차가운
얼음바다를 헤치고 나오는 것은
찬송이었다

그것은 부활이요
생명이다

-「내 머리 위에 별이」

여기 이 시는 칸트의 도덕법칙이 나의 세계에 빛나는
별이 아니라는 뜻이다. 도덕법칙 위에 찬송이 있다는 것
이다. 철학에 있어서 칸트의 존재는 절대적이다. 그의
사상이 사유의 초석이 되어 지금도 이 세계에 영향을 주
고 있다. 칸트의 철학과 찬송을 대비해서 보자.

칸트는 내 마음속의 도덕법칙이 빛나는 별이다. 도덕
법칙이야말로 인류가 가는 길로 바라보고 있다. 그의 저
서『순수이성비판』『실천이성비판』등은 결국 도덕의지
의 표현이다. 도덕만이 자신의 완성이고 사회의 완성이
다. 인간의 감정도 도덕의 의하여 지배되고 아름다움도
도덕에 의하여 지배되는 존재다.

그러나 시인은 찬송을 인류구원의 길로 보고 있다. 샘
솟는 정의가 있고 그곳에는 의와 참이 있고 플라톤이 말

한 이데아에서 볼 수 없는 존귀와 온유, 화평, 기쁨, 소망, 치유와 모든 것이 있다. 그곳에는 그리스도가 있고 믿음이 있고 부활이 있기 때문이다. 찬송에는 인류가 가야 할 의로움이 있고 그곳에는 생명의 도덕이 있다. 주의 의로움은 칸트의 도덕을 외면하는 것이 아니다. 칸트의 도덕은 존귀함과 온유함을 포용하기 힘들다. 그의 도덕은 의무이고 법칙이다. 우물가의 여인은 도덕적으로 보았을 때는 돌로 죽어야만 했다. 그것이 도덕의 법칙이다. 안식일 날 밀밭길을 걸었을 때 그것은 그 시대의 도덕위반이다. 도덕이란 힘있는 자가 질서를 위해 만들 수 있다. 그런데 영원히 변치 않는 것이 있다. 바로 찬송이다.

따스한 숨결을 일으키고 내 안에 용서와 화평을 일으키는 찬송은 도덕을 뛰어넘고 진정한 인류애를 구할 수 있는 길이다.


찬송은 심리학의 새로운 지평을 열어 주고 있다.


욕망의 대지에서
모든 것을 초연하며 사는 것은 쉬운 것은 아니다


프로이드는 원아는 쾌락과 본능을 추구
자아는 현실과 타협하고 살아감을 추구
초자아는 완전함과 옳고 그름을 판단하는 것을 추구

원초와의 충동을 억제하도록 하며

자아가 현실적인 목표 대신 도덕적인 목표를 세운다

도덕이 우리의 삶의 목표가 될 수 있을까
우리 안에 있는 세포는 끊임없는
생존의 의지를 갖고 있다
억제하고 누른다고
나의 자아는 멈추지 않는다

진정 그곳에 참된 나를 세울 수 있겠는가

프로이드여
찬송의 세계는 타오르는 욕망을
저 푸르른 오월의 햇살로
인도하고
영원한 생명 샘으로 나를 샘솟게 하니

찬송은 나의 심연의 대지에
옥토밭이라

-「저 푸르른 오월의 햇살로」

김준식 시인은 심리학의 완성은 찬송에 있다고 보고 있다. 욕망을 다스리는 것은 도덕적인 선에 의하여 다스리는 것이 아니라 찬송에 있다는 것이다. 이 세상에 자신을 만족시키는 것은 없다. 나를 억압된 굴레 자극적이고 쾌락에서 벗어나 찬송은 무의식과 우리 안에 원초적 자아가 있는 마음에 참된 소망을 일으키고 존귀함을 일으키고 인애함을 일으킨다. 찬송은 억눌린 잠재의식과 불안한 잠재의식을 회복시키는 힘이 있다. 프로이드는 타오르는 욕망의 세계를 극복하고자 한다. 그런데 욕망의 다스림은 찬송에 있다. 찬송은 우리 뇌에 존귀와 온유 화평을 일으킨다, 그래서 뇌에서 생성된 도파민은 긍정의 호르몬을 흐르게 하고 기억의 뇌는 감정을 일으키며 의사결정에 중요한 역할을 한다.

또한 창의력을 돋게 하고 인간의 욕망을 샘솟는 대지로 인도하고 생명력이 돋아나게 한다, 도덕은 자기 억제이고 윤리이고 인내가 동반되어야 한다. 도덕은 치유가 없지만 찬송은 아픔을 치유하는 힘이 있다. 시인은 초자아의 세계에서 도덕적 관용으로 접근하기보다는 의와 참을 불러일으키는 찬송에 의미를 두고 있다. 긍휼함을 불러일으키는 찬송에 용서와 화해, 나눔이 있고 찬송으로 모든 것이 귀결된다고 보고 있다.

시인은 실존적 의지를 또한 찬송에서 찾고 있다. 찬송이 종교음악으로 정착되어지면 예술적인 방향으로 머무를 수 있다. 그런데 찬송 속에는 평강이 있고 실존의 자각이 있다. 내 안에 찬송이 흐르면 항상 깨어 있고 파릇한 숨결이 나를 일으켜세운다.

내 영혼의 마른 잎이 살아나고
깊은 수렁에서 나올 수 있었던 것은
나를 위해 피로써 사신 내 마음 가운데
그리스도의 차오름이 있기 때문이다
그것이 나의 실존이었다

-「실존적 결단」

여기 시에서 보듯 시인의 실존은 커다란 욕망의 세계가 아니다. 그리스도의 차오름은 연약한 나를 지탱해 주는 힘의 근원이다. 분노를 잠재우고 삶의 회의를 느낄 때 온유한 손길로 나를 잡아 주는 힘이 있기에 찬송은 내가 살아 있음을 느낀다. 찬송은 소망을 불러일으키고 어렵고 힘든 나를 쉴 만한 물가로 인도하기도 한다.

원자핵에는 강한 핵력이 있는데
중성자와 양성자를 연결하는 상호작용의

힘이다

그런데 강한 핵력이 찬송으로 왔고
존귀함의 힘, 온유함의
차오름이 핵력의 근원임을 나는 느끼고 있다

그것이 우주를 생성하는 파동의
힘이라고 시인은 생각했다

영원히 미제로 남아 있는 핵력
스티븐 호킹도 그 부분은 미스테리였는데

그대가 찬송할 때 기쁨과 소망의
눈빛을 보고 나는 느꼈다

- 「내 영혼의 깊은 심연」

우주의 힘 중에서 핵력이라는 것이 있다. 원자를 이루기 위해서는 핵력이 필요하며 핵력은 양성자와 중성자를 묶어 주는 힘이다. 핵력이 없다면 우주는 성립되지 않는다. 당대 최고의 물리학자인 스티븐 호킹은 핵력의 비밀을 찾기에 올인 했지만 영원한 미제로 남아 있다. 핵력의 비밀은 무엇이던가 원자핵이 되기 위해서는 핵력이 필요하다. 그런데 핵력을 과학자들은 물질의 힘으로 바라보고 있다. 핵력의 힘 전달입자는 글루온이라고 하지만 시인은 물질의 힘이 아니라 온유함의 힘이다.

그대가 찬송할 때 기쁨과 소망의
눈빛을 보고 나는 느꼈다

벧엘 찬양대의 찬송에
내 영혼의 깊은 심연의
대지에 차오른 것은 물질의 운동이 아니었다
그 온유함이 나를 존재케 했다

물질 위에 찬송이 있다

-「내 영혼의 깊은 심연」

이 시는 그대가 찬송하는 모습을 그린 것이다. 사실 그대 안에는 우주를 움직이는 네 가지의 힘이 있다. 강력, 전자 기력, 중력, 약력 등이 요동치고 있다. 우리 몸에는 원자로 되어 있기에 강력이 있고 우리 몸은 사실 전자 기력으로 되어 있다. 전기적 성질과 자기력이 있는데 몸의 기관기관들이 하나하나 이루어 작용하는 힘들은 양전하와 음전하가 있기 때문이다. 그리고 중력, 사실 중력은 우리 몸을 지탱하는 힘, 내가 앉아 있거나 서 있는 것도 중력의 힘이다.

찬송 즉 하나님의 의를 불러일으키는 것에는 존귀함, 온유함, 기쁨, 소망, 부활, 평안과 평강 등을 내 안에 세우는 것이다. 그런데 양자역학적인 파동 측면에서 바라볼 때 이보다 더한 아름답고 선한 것은 이 세상에 없다. 찬송은 거룩하고 고귀함을 내 안에 불러일으키는 창조주의 본성을 내 안에 일으키는 것이다. 물리학자들은 저마다 운동법칙으로 세상을 해석하고 있지만 시인의 생각을 다르다. 세포 안의 모든 움직임은 그 파동이 있는데 단순한 입자의 움직임이 아니라 존귀함의 파동, 인자함의 파동이 있다는 것이다.

신은 세상을 창조할 때 운동법칙을 위하여 창조하지 않았을 것이다. 찬송할 때 모습이 가장 아름답고 선하며 소망을 불러일으키기에 신은 찬송하기 위해서 우주를 창조했다. 찬송이 없다면 그대의 눈빛은 세포들의 움직임이다. 과학계에서는 모든 세상이 운동의 법칙이라고 말하지만 그대의 찬송 속에는 우주의 아름다운 꽃이 피어나는 결정체다.

역사는 정신이 자신을

해방시키고 도약하고
자기를 인식하여

자기의식적 정신으로
완성해 가는 과정이다

헤겔은 이렇게 말했지만
나에게는 역사는 찬송이다

의롭다 하심을 불러일으키고
공평하심을 불러일으키고
이 땅을 온전히 일으키며
도약하며 생동케 하며

욕망을 황폐한 곳에서
초록빛 바다로 힘차게 오르게 한다

찬송은 인간의 욕망을
찬연한 대지의 숨결로 피어나게 한다

-「찬연한 대지의 숨결」

시인은 역사를 찬송이라고 말한다. 그런데 보통 E.H.

carr 역사관은 역사는 과거와 현재의 대화라고 말한다. 마르크스는 역사는 계급투쟁이라고 말하고 헤겔은 역사를 정신으로 자기실현의 과정이라고 말하기도 한다. 정신의 본질과 실체는 자유에 있다. 토인비는 도전과 응전이라고 역사를 말하지만 시인은 역사를 찬송으로 표현하고 있다. 인간의 자유는 무한한 시간과 공간의 세계이다. 세계 1차대전, 2차대전에 수없이 많은 사람이 죽어갔고 욕망이 자유를 지배해 왔다. 역사의 완성은 찬송에 있다. 찬송은 무한한 공간의 세계에 의와 참을 불러일으키기에 인간의 무한한 욕망을 다스릴 수 있다.

역사적 관점으로 공자는 정치를 인으로 해야 한다고 주장하지만 자신의 이익에 의하여 변화되어질 수 있다. 공자의 인과 찬송의 인애함은 다르다. 공자의 인은 자신의 손익가치에 따라 인애함이 다르게 나타나지만 찬송으로 불러일으키는 인자함은 영원토록 변함이 없다. 찬송의 인자함은 내 욕망을 다스리고 의와 참을 불러일으키기에 진정한 인애함이 생성이 되고 내 영혼에 가득 채우는 숨결이 된다. 차오르는 생명으로 역사를 일구어 나가면 더 이상 전쟁은 존재할 수 없고 높고 낮음이 함께하고 넓고 좁음이 함께 일군다. 부유를 나눌 수 있는 가장 바람직한 사회의 모습은 존귀함을 일으키는 찬송에 있다.

중력은 단순한 힘이 아니라
"모든 것의 위대한 조정자"라는
말이 있다

지금 모든 행성들이 질서 있게 움직이는
것들은 그들의 법칙이
있기 때문이다

중력이 조정자라면

빛에서 나온 찬송은
모든 사물들을 존재케 하고 있다

존재하는 모든 것은
주의 진실함이 있다

내 안에 있는 생존의 힘
강력, 약력, 중력, 전자 기력으로
설명할 수 있는가
그리움과 사랑, 거룩함, 인내, 화평의 근원은

어디에서 나왔는가

바로 생명의 차오르는

힘에서 나왔다


우주의 힘은 찬송이다


- 「빛에서 나온 찬송」


사실 중력의 힘이 없다면 우주 생성은 불가능하다. 수많은 별들이 탄생하고 태양계의 중력 법칙이 우리가 생존케 하고 있다. 별의 생성과 지구에서 움직임은 중력의 힘이다. 중력과 찬송은 어떠한 관계인가. 예를 들면 사과 나무에서 사과가 떨어지는 것은 중력의 힘이다. 사과 꽃이 피고 사과라는 열매가 달콤하고 새콤하게 생성되는 힘은 사실 파동의 힘이고 그 파동은 찬송의 생명력이 있는 힘이다. 새콤하고 달콤하게 쉽 없이 선한 울림이 있고 그 위에 에너지가 하나씩 하나씩 에너지가 쌓여 가고 있다.


물리학자들은 운동의 에너지 법칙으로 해석하지만 시인은 열매의 탄생은 찬송의 파동으로 보고 있다. 그곳에 주의 성실함이 있다는 것이다.

사과의 열매는 빛을 받아서 수많은 양자도약으로 그 맛을 생성하고 있다. 파릇한 생명을 불러일으키기에 빛으로 인하여 울림이 있고 그것은 찬송의 성질이라는 것이다. 사물의 그 파동은 각자 존재의 가치가 있고 그것의 생명력은 온유의 힘이 있기에 각자 성장하고 열매를 맺는다. 생명의 차오르는 힘은 존재하는 모든 곳에 있다.

행복은 얼마나 홀로 잘 견딜 수
있는가에 달려 있다
쇼펜하우어의 말이다

나에게 견딜 수 있는 힘은
새롭게 나를 소생시키는
찬송에 있다

주를 찬양함은 새벽이슬처럼
청초한 삶의 대지로 나를 인도한다
내 눈이 이 땅의 충성된 자를 살펴
나와 함께 살게 하리니
완전한 길에 이르게 하리라

주를 향한 노래는 나를 차가운
빙하의 숲에서
남풍의 산들바람을 불러일으킨다

문들아 머리 들어라

그곳에 생동하는 힘, 약동하는 힘이 있다

- 「나를 소생시키는 찬송」

과학자들은 물질에서 모든 것이 일어나는 것이기에 영혼의 소생도 물질에서 나온다고 보고 있다. 그러나 시인은 찬송에서 영혼이 소생하고 생동하고 약동하고 있다.

찬송은 언약을 불러일으키고 소망을 불러일으키기에 가능하다. 태초의 빛은 우주 만물을 일으키는 말씀의 언약이 있다. 내가 힘들고 지치고 사망의 골짜기에 있다 하여도 나를 일으키는 것은 어떠한 운동법칙이 있기에 내가 일어나는 것이 아니다.

"내 눈이 이 땅의 충성된 자를 살펴 나와 함께 살게 하리니 완전한 길에 이르케 하리라" 여기 있는 말씀을 일으키는 것이다. 온유의 말씀, 생명의 말씀이 소생하게 하는 것이지 입자의 운동으로 소생하는 것은 아니다. 행복은 잘 견디는 것에 있는 것이 아니라 말씀에 있고 내 안에 온전하고 찬송으로 말씀을 일으키면 내 안에 기쁨과 소망이 넘친다.

모태에서 빈손으로
태어났으니
때가 되면 빈손으로
돌아가는 것이리라

그러나
우리에게는 찬송의
열매가 있다

부르신 곳에
의에 열매가 대지를
살찌우고 의로운 평야에
추수의 기쁨이 넘친다

내 생애 영광은
끊임없이 솟아나는
자기 긍정에 있는
것이 아니다

전능하신 하나님은
능치 못할 일이 전혀 없네

보라

저 찬란한 대지의
숨결을,

그대가 뿌린 찬송의
대지의 씨앗은 이 땅의 모든 것과
호흡하며 피어나리라

-「모태에서 빈손으로」

「모태에서 빈손」으로 시에서 알 수 있는 것은 우리가
가진 것 없이 빈손으로 태어났고 빈손으로 돌아가는 것
이다. 나에게 가장 큰 소망은 찬송이다. 우리가 불러일
으키는 주의 의로움은 가난한 노래의 씨앗이 되어 메마
른 땅에 단비가 되어질 수 있고 파릇한 새싹이 되어 그것
이 자라나 들판의 황금빛 물결을 맞이할 수 있다.

우리는 빈손으로 돌아가지만 찬송의 씨앗은 옥토밭을
일구어 새싹이 되고 꽃이 피고 열매를 맺는다. 찬송은 세
세토록 이 땅의 강건함을 일으키고 광야에서 길을 내고
바위에서 물을 솟아오르게 한다. 찬송으로 불러일으킨
사회는 주의 권능이 임하고 주의 열매가 가득하다. 나의
존재는 빈손으로 돌아가지만 빈손이 아니다. 찬송은 의
에 열매를 불러일으키어 주의 나라를 일으킬 것이다.

지금까지 찬송은 633년 톨레도 종교회의에서 "찬송은 하나님께 찬양하는 것"이라 정의하였다. 어거스틴은 "하나님을 노래하며 찬양하는 것이다"라고 했다. 부활의 능력을 찬양하고 하나님 나라의 영광을 노래하고 드높이고 그분의 이름을 송축하고 감사와 기쁨, 은혜 등을 노래로 표현해왔다. 역사적으로 찬송은 종교음악으로 분류해왔다. 그런데 시인의 찬송은 종교 음악뿐만 아니라 우주 창조의 핵심이며 또 다른 우주를 해석하고 있다.

　　우주의 근본은 선한 울림에 있다
　　너의 찬송의 눈빛에 우주 탄생이 보였다

　　그 속에 우주의 모든 것이 담겨 있었다
　　그곳에는 존귀와 온유, 화평, 소망, 기쁨 등
　　인류가 가야 할 그 모든 것이 담겨 있었다

　　그러나 양자역학자들과 천체물리학자들의
　　우주 탄생은 소립자로 이루어지는 것이었다

　　그들은 모든 것은 물질에 의하여 나타나고
　　세계는 원자로 해석했다

　　여기 그 찬송의 눈빛을 보았는가

그 아름다움과 선함을 어찌 표현할 수 있겠는가
우주 탄생과 목적이 이곳에 있는데
사람들은 은혜를 받기만을 원했다

  -「너의 찬송의 눈빛에 우주 탄생이 보였다」

　김준식 시인은 우주를 해석하는 데 결정적 계기는 너의 찬송의 눈빛이었다. 빅뱅 때 기본입자인 소립자 쿼크가 모여서 양성자를 만들고 전자를 포획해서 원자핵이 되고 원자를 이루는 것이 바로 수소이다. 수소가 모여서 헬륨이 되고 무거운 원소들이 태어나 우주를 이루게 된다. 찬송의 눈빛은 존귀함을 일으키며 온유함을 일으키는 눈빛이다. 시인은 그 속에서 우주의 비밀을 찾게 된다. 그것은 눈동자의 움직임이 아니라는 것이다. 사실 시각을 생성하는 눈도 원자이다. 눈동자의 움직임은 위치와 속도가 있다. 눈동자 속에는 양자도약이 있는데 끊임없는 전자의 움직임이 있다. 그 속에서 에너지를 얻게 된다. 그것은 물리학적 해석이다.

　시인이 바라본 너의 찬송의 눈빛은 온유함이 있고 감동이 있는 살아 있는 눈빛이다. 그 속에 선한 울림이 있다는 것이다. 즉 원자의 본질에 선한 울림이 있다는 것이다. 원자를 이루는 전자의 성질도 입자와 파동으로 이루어졌기에 이러한 해석이 과학의 범위를 넘어서는 것이 아니다. 「너의 찬송의 눈빛에 우주 탄생이 보였다」는 시인의 고백은 한 사람의 존재이지만 모든 만물의 시각이다. 즉 우주 탄생은 물리적 현상으로 일어나는 것처럼 보이지만 존귀와 온유, 화평, 소망 속에 우주가 탄생했다는 것이다. 우주를 이루는 입자와 파동에 선한 울림이 있다는 것이다.

입자중심의 우주론은 기존 빅뱅우주론자들의 견해이고 선한 울림(찬송중심)의 우주론은 김준식 시인의 우주관이다. 「너의 찬송의 눈빛에 우주 탄생이 보였다」의 시는 한 인간을 통해서 우주를 해석하고 우주의 근본은 소립자가 우주를 이루는 물질중심에서 벗어나 존귀와 온유 소망이 있는 우주, 감동이 넘치는 살아 있는 우주다. 우주를 이루는 입자중심의 표준모형이 완성되었는데 김준식 시인이 여기에 새로운 우주관을 제시하고 있다. 너의 찬송의 눈빛은 단지 시가 아니며 앞으로 천 년의 역사를 넘어서 언젠가는 우주를 해석하는 열쇠가 될 것으로 보인다.